EIN TOTER AUF ABWEGEN

DIE EASTWIND-HEXEN
BUCH X

NOVA NELSON

Kapitel Eins

Ich sortierte langsam das Besteck auf der Theke des Medium Rare – fast, als würde ich meditieren –, und dachte über den Tod nach. Eigentlich nichts Neues.

Nur, dass heute sowas wie mein Jahrestag war und ich mir nicht sicher war, ob ich ihn feiern sollte.

Auf den Tag genau vor einem Jahr war ich gestorben.

Der Tod an sich ist selten ein Grund zum Feiern, aber gestorben zu sein war ganz ehrlich das Beste, was mir je passiert war. Ich war gestorben und in Eastwind gelandet.

Kein richtiger Himmel, aber nach dem, was der Sheriff – ihres Zeichens ein Engel – über den Himmel erzählt hatte, und angesichts der Tatsache, dass sie selbst hier war und nicht dort, hatte ich das starke Gefühl, am besseren Ort gelandet zu sein.

Eine große Feier hatte ich nicht geplant. Ich hatte zwar heute Abend ein Date, aber ich war mir ziemlich sicher, dass Donovan keine Ahnung von meinem Jahrestag hatte. Außer mir wussten wahrscheinlich nur zwei Wesen davon. Eines war vor drei Monaten durch ein Portal verschwunden, und das andere war im strengsten Sinne keine Person.

„Es scheint nur richtig", maulte Grim von seinem Platz am Boden zu meinen Füßen, *„wenn wir diesen Tag mit einem ordentlichen Frühstück gebührend feiern würden."*

„Grim, es ist schon zehn Uhr. Ich habe vor Stunden gefrühstückt. Du warst dabei."

„Auch gut, du musst ja nicht mitfeiern."

„Es ist ja nicht einmal dein Todestag."

„Stimmt, aber für mich ist es trotzdem ein wichtiger Tag für mich. Heute vor einem Jahr bist du in die Deadwoods gekracht und hast mich in deinen Dienst gezwungen."

Ich verdrehte die Augen. *„Mein herzliches Beileid. Ich schick dir Blumen."*

Aber verdammt, was würde es schon schaden, Grim heute eine Extraportion zu geben? Er klebte seit einem Jahr mehr oder weniger an meiner Seite und hatte mir in allen möglichen übernatürlichen Schlamasseln und paranormalen Keilereien den Allerwertesten gerettet. Und wenn es darauf ankam, war er da gewesen.

Wir hatten nie darüber geredet, was in den Deadwoods passiert war, direkt nachdem sich das Portal geschlossen hatte – wie er mich nach Hause gebracht hatte, bei mir geblieben war und mich in den folgenden Tagen sogar das eine oder andere Mal mit der Schnauze angestupst hatte – etwas, das ich dringend gebraucht hatte. Und jetzt, Monate später, waren wir wieder in den üblichen Trott zurückgekehrt. Aber ich hatte seine kleinen, freundlichen Gesten nicht vergessen.

Grim Goodboy hatte seinem Nachnamen alle Ehre gemacht.

Ihm das zu sagen, würde ihn allerdings nur nerven, also behielt ich es für mich.

Als ich ein paar Minuten später mit einem kompletten Frühstück zurückkam – Spiegeleier, Speck, Würstchen (Pancakes hatte ich weggelassen, weil ich aus Erfahrung wusste, dass die nur zu einem griesgrämigen Höllenhund mit Verstopfung führten) – und den Teller auf den Boden stellte, raschelte es leise in seinem dicken, schwarzen Fell. Dann tauchte der kleine, runde Kopf einer Munchkin-Katze auf und schnupperte.

„Du solltest besser mit Monster teilen", sagte ich.

„Eher sollte sie besser mit mir teilen. Wenn du wüsstest, welche Drohungen sie ausstößt, wenn sie nicht ihren Willen bekommt …"

„Du stehst drauf."

„Das streite ich ja gar nicht ab."

Monster kam aus der Wärme von Grims Fell hervorgekrochen und watschelte direkt auf die zerlaufenen Eigelbe zu. Und wenn ich „watschelte" sage, meine ich das so. In den drei Monaten, seit Grim und ich Tanners verlassene Vertraute bei uns aufgenommen hatten, hatten wir sie nach Strich und Faden verwöhnt. Und unsere bevorzugte Waffe war Essen. Wenn Grim zehn Pfund zunahm, fiel das bei seiner Größe kaum auf. Aber bei so einem Winzling wie Monster … nun ja, da sah man es.

Falls Tanner je zurückkommt und sie so sieht …

Ich brach den Gedanken ab. Er würde nicht zurückkommen. Er konnte nicht zurückkommen. Ich ging die Logik noch einmal im Kopf durch, in der Hoffnung, dass sie diesmal endlich sacken würde: Selbst, wenn ich ein Portal finden würde – ihn und Eva zurück nach Eastwind zurückzuholen, würde das Gleichgewicht der Natur zerstören. Unser Zirkel durfte nie wieder im selben Reich zusammen sein, denn das hätte katastrophale Folgen. Wir hatten gesehen, wohin das führt, und es war nicht schön gewesen. Wir hatten Glück gehabt, dass damals niemand in Eastwind gestorben war, als das Portal aufgerissen war und all die Kreaturen rausgekrochen kamen – beim nächsten Mal würde uns das Glück sicher nicht so hold sein.

Tanner ist weg.

Das war in letzter Zeit sowas wie mein Mantra geworden, und ich war froh, dass ich es immer seltener brauchte. So sehr ich Klischees hasse – vor allem das mit der Zeit, die alle Wunden heilt, stimmt es wohl doch ein bisschen. Aber genau am ersten Jahrestag meiner Ankunft in Eastwind, als ich aus den Deadwoods gestolpert und direkt ins Medium Rare spaziert war, war es vergebliche Liebesmüh, zu versuchen, nicht dauernd an ihn zu denken.

Dieses sanfte Lächeln, diese haselnussbraunen Augen. Der Duft der frisch gebackenen Kirschfüllung im Gastraum des Diners ...

Das Glöckchen über der Tür klingelte, und ich riss mich aus meinen Tagträumen. Ich sollte eigentlich arbeiten. Das Besteck war nur Beschäftigungstherapie gewesen, solange meine Tische noch aßen, aber jetzt hatte ich genug Zeit vertrödelt.

Ich hatte zwei neue Kellner eingestellt, Freunde von Greta aus der Schule – Daphne und Benito –, aber die waren bestenfalls mittelprächtig. Ich hatte schon so viele Rechnungen erlassen müssen wegen ihrer gedankenlosen Fehler, dass ich überlegte, das Diner einfach in eine Suppenküche umzuwandeln. Mit Queso natürlich.

Wenn Eva doch noch hier wäre ...

Ich vermisste sie aus tausend Gründen, und ihre Hilfe im Diner war noch nicht einmal der wichtigste. Wie oft hatte sie mir hier vernünftige Ratschläge gegeben, und zwar so, dass man merkte, sie kamen von Herzen und dienten nicht nur dazu, mich zum Schweigen zu bringen. Das allein war schon eine Art Magie – und eine, die ich definitiv nicht besaß.

Deputy Stu Manchester kam an die Theke, zog seinen Gürtel hoch und grunzte, als er sich auf einen Hocker fallen ließ. „Morgen, Nora."

„Morgen, Deputy. Das Übliche?"

Er nickte knapp, und ich gab die Bestellung für einen kleinen Stapel Kirsch-Pancakes durch und holte ihm seinen Kaffee.

Ich brachte ihm auch ein Glas Wasser. Das war so ziemlich das Einzige, womit ich ihn dazu bringen konnte, ein bisschen auf sich achtzugeben. Sein nur kurz andauernder Versuch, sich gesund zu ernähren und fit zu werden, um zu daten, war unter dem Gewicht seiner Pflichten als wieder einziger Deputy von Eastwind erstickt. Wer war ich, ihm Kohlenhydrate und löffelweise Zucker im Kaffee vorzuenthalten?

Aber heimlich hatte ich mir zur Aufgabe gemacht, ihn wenigstens ausreichend mit Flüssigkeit zu versorgen, damit er nicht einfach umkippte.

„Wie war die Schicht?"

Er grunzte, bevor er einen langen Schluck Wasser trank. Kleine Tröpfchen hingen an den Enden seines Schnauzbarts, als er das Glas abstellte. „Nicht toll. Aber weißt du, als ich gerade den Bericht über Gladys Weatherbees verschwundenen Blumentopf geschrieben habe, ist mir aufgefallen, dass heute vor einem Jahr Bruce Saxon ermordet wurde."

„Stimmt."

Uff! In meinem Selbstmitleid hatte ich vollkommen vergessen, dass an meinem Todestag auch ein Mord passiert war. Das bedeutete, Bruce Saxon und ich hatten denselben Todestag. Wie süß.

Alles Gute zum Todestag, Bruce.

„Und dann", fuhr Stu fort, „als ich über die Einzelheiten dieses Falls nachgedacht habe, ist mir wieder eingefallen, dass das an dem Tag passiert ist, als du nach Eastwind gekommen bist." Er kniff die Augen zusammen.

„Sag mir nicht, dass du den Fall neu aufrollen und mich zur Hauptverdächtigen machen willst."

„Natürlich nicht! Aber das muss ein großer Tag für dich sein. Ein Jahr in Eastwind."

Ich lächelte. „Kann man so sagen."

„Ein großer Tag für ganz Eastwind, das kann ich dir sagen! Seit du hier reingeschneit bist, ist hier nichts mehr wie vorher."

Als ich eine Augenbraue hochzog wegen dieser ziemlich zweideutigen Bemerkung, räusperte er sich. „Was ich meine: Eastwind ist besser dran, seit du hier bist."

So gern der zynische Teil von mir ihm jetzt einen dampfenden Haufen Einhornäpfel vor die Füße geknallt hätte, mit den Worten „Solange man nicht Tanner oder Eva heißt", konnte ich Stu das nicht antun. Komplimente fielen ihm nicht leicht, also würde ich ihn nicht dafür bestrafen.

„Danke, Stu. Freut mich, dass du mich heute vor einem Jahr nicht verhaftet hast."

Er nickte und machte eine kleine wegwerfende Handbewegung, bevor er die Temperatur seines Kaffees mit einem vorsichtigen Schluck testete.

Anton klingelte in der Küche, dass ein Teller fertig war, und ich holte schnell Stus Frühstück und stellte es vor ihn hin. Er begann sofort, es zu verschlingen.

„Erstick nicht daran", sagte ich. „Ted sitzt da drüben in seiner Nische und sieht ziemlich gemütlich aus. Ich möchte ihn nur ungern zur Arbeit zwingen."

Der Deputy schob sich den Bissen in die Backe, um drumherum zu sprechen. „Wenn ich Glück habe, bekomme ich heute Nacht vielleicht zwei Stunden am Stück Schlaf, bevor irgendeine Notfall-Eule an mein Schlafzimmerfenster hämmert. Keine Zeit, langsam zu essen."

Armer Kerl. „Bestimmt findest du bald jemanden, den du einstellen kannst."

Er trank einen langen Schluck von seinem Kaffee, um den Bissen runterzuspülen, schluckte und sagte dann: „Wenn nicht, muss ich wohl über dunkle Kanäle einen Doppelgänger von mir anheuern, damit ich mal ein bisschen Ruhe bekomme."

Ich verdrehte die Augen. „Ja, klingt nach der logischsten Lösung. Es gibt nichts Besseres, als wenn der Deputy der Stadt so überarbeitet ist, dass er kriminelle Methoden in Erwägung zieht."

Er grunzte nur, schien aber ansonsten unbeeindruckt, also schnappte ich mir die Kaffeekanne und machte meine Runde für Nachschub.

Das Diner war heute für einen Wochentag um diese Zeit ein wenig leerer als sonst, aber das kam vor. Manchmal war es dienstags gerammelt voll, und andererseits war samstags manchmal fast nichts los.

Doch die hintere Ecknische war an jedem Tag von unserem örtlichen Sensenmann besetzt. Das änderte sich nie. Und wenn doch, würde ich wahrscheinlich anfangen zu beten – denn das wäre eindeutig ein schlechtes Omen.

„Noch Kaffee, Ted?"

Er hatte durchs Fenster in Richtung Deadwoods gestarrt, als ich an seinen Tisch gekommen war, und drehte seinen verhüllten Kopf ruckartig zu mir herum. „Was? Oh. Ha! Hallo, Nora. Du hast mir gerade wirklich Angst eingejagt."

Ich habe einem Sensenmann Angst eingejagt? Lebensziel erreicht, schätze ich.

„Sah aus, als würdest du angestrengt über etwas nachdenken", sagte ich.

„Ich habe nicht nachgedacht. Ich habe es gespürt. Wie du weißt, ist das nicht dasselbe."

„O-kay ..." Hier schien mir Vorsicht angebracht. Und trotzdem fragte ich wider besseren Wissens: „Was hast du denn gespürt?"

„Nahenden Tod."

Kapitel Zwei

„Tod", wiederholte ich. Natürlich.

„Mm-hmm." Ted hob seine leere Tasse, um meine Aufmerksamkeit zu erregen, und ich schenkte nach. „Irgendeine Art von Todespräsenz", fuhr er fort. „Ich weiß noch nicht genau, was es ist. Sie ist noch weit entfernt, aber sie kommt näher. Tatsächlich ... ist sie fast schon da."

Ich runzelte die Stirn und ließ Teds unheilvolle Aussage sacken. *Nicht weiter nachbohren, Nora. Tu's nicht.* Denn vielleicht würde es nicht mein Problem werden, wenn ich die Nase nicht hineinsteckte.

Unwahrscheinlich. „Und wenn du von einer ‚Todespräsenz' sprichst – was genau meinst du damit?" Ich hätte mich schon in dem Moment ohrfeigen können, als die Worte meinen Mund verlassen hatten.

Er zuckte mit den Schultern. „Kann ich noch nicht sagen. Es beginnt immer als leichtes Kitzeln unter der Zunge. Dann wird es stärker, bis ich es in den Fußsohlen spüre. Vielleicht ist es einfach nur ein bevorstehender Mord, und ich nehme die Gedanken des Mörders wahr – mörderische Absichten können eine Todespräsenz erzeugen, aber in diesem Städtchen fliegen so viele davon herum, dass es schon richtig laut werden muss, damit ich eine über den ganzen Lärm hinweg wahrnehme. Vielleicht ist gerade ein neuer Grim in den Deadwoods entstanden. Damals, als du in die Stadt gekommen bist, habe ich auch eine Todespräsenz gespürt. Und natürlich besteht immer die Möglichkeit, dass ein anderer Sensenmann beschlossen hat, uns einen Besuch abzustatten."

„Ein anderer Sensenmann? Aber ich erinnere mich, dass du gesagt hast, zwei Sensenmänner im selben Reich wären katastrophal."

„Oh, das wären sie auch." Sein Kaffee war noch kochend heiß, aber er kippte ihn trotzdem hinunter. „Hoffen wir also, dass es keiner ist."

Ich kniff die Augen zusammen. „Ja, genau. Hoffen wir mal. Äh … halt mich einfach auf dem Laufenden, falls du entscheidest, dass ich das wissen sollte."

„Ich würde dich damit nicht belästigen, Nora. Außerdem wäre es in jedem dieser Fälle eher was für Sheriff Bloom. Na ja, außer beim Grim. Aber solange der in den Deadwoods bleibt, wen interessiert's?"

Grim würde das interessieren, da würde ich drauf wetten. Obwohl er es niemals zugeben würde – der sabbernde Fellberg genoss es eindeutig, einzigartig in der Stadt zu sein.

Nachdem ich mich von Ted verabschiedet hatte, nahm ich noch ein paar Bestellungen auf, wies einigen neuen Gästen Tische zu und begrüßte ein paar weitere Stammkunden. Minuten und Stunden verflogen, wie sie es im Medium Rare oft taten. Das Diner konnte die Zeit verbiegen. Manchmal kroch sie unerträglich langsam, und manchmal hatte man das Gefühl, ganze Tage übersprungen zu haben.

Ehe ich mich versah, war Stu nach Hause gegangen, um die paar Stunden Schlaf zu ergattern, die er noch bekommen konnte, Ted hatte seine letzte Tasse Kaffee geleert und war zurück in die Deadwoods verschwunden, und Jane war für ihre Schicht als Managerin erschienen.

Sie nahm ihre Schürze vom Haken neben der Küchentür und legte sie sich um den Hals.

Der Abendansturm würde erst in ein paar Stunden losgehen, und der Mittagsansturm war schon abgeebbt. Nur noch zwei Tische waren besetzt – an einem saß der schlaflose Werwolf Hendrix Hardy, dessen Kaffeekonsum ich schon lange für seine Schlaflosigkeit verantwortlich machte (wobei er gelegentlich für kurze Momente in der Sitznische einnickte, nur um mit einem lauten Schnarcher wieder aufzuschrecken), und am anderen saß eine kleine Gruppe von Zirkelhexen.

Sie waren neu in der Gegend. Nur wenige Hexen verirrten sich so weit in die Outskirts. Das hier war größtenteils Werwolf-Territorium. Aber nach der Schlacht auf dem Eastwind Emporium an Halloween hatten sich kleine Veränderungen breitgemacht, unter anderem, dass ab und zu eine Hexe oder ein Hexenmeister ihre Komfortzone verließen. Diese drei hatten zu den Ersten gehört, die den Weg hierher gewagt hatten – vielleicht weil sie dachten, ein Diner, das von einer Hexe geführt wurde, wäre sicher –, und seither kamen sie fast wöchentlich in den ruhigen Stunden. Und jedes Mal tuschelten sie, als würden sie gegen einen unsichtbaren König oder eine Königin konspirieren, nur um dann plötzlich in schallendes Gelächter auszubrechen. Die klassischen Anzeichen von richtig saftigem Klatsch.

„Hast du heute Abend was vor?", fragte Jane, während sie ihre Schürze hinten zuband.

„Ja, tatsächlich habe ich das."

Sie sah aus, als hätte sie einen Geist gesehen. Fand ich jetzt nicht so toll. „Im Ernst?"

„Ja. Warum fragst du, wenn du sowieso nur eine Antwort gelten lässt?"

„Ein bisschen Smalltalk ist kein Verbrechen."

„Du hasst Smalltalk."

Sie nickte kaum merklich. „Stimmt. Keine Ahnung, was heute in mich gefahren ist."

Ich hätte es dabei belassen können, aber eigentlich wollte ich über meine Abendpläne reden. Und Jane war wahrscheinlich die Einzige, deren Rat ich in dieser Sache vertraute. „Ich gehe mit Donovan essen."

Sie biss sich auf die Lippe, um ein Schmunzeln zu unterdrücken, und eine Augenbraue schoss nach oben. „Ja?"

„Jep."

„Und?"

„Was und?"

Sie seufzte ungeduldig. „Und wie fühlst du dich dabei, drei Monate nachdem der Mann, in den du verliebt warst, durch ein Portal in ein anderes Reich verschwunden ist, mit Donovan auszugehen?"

„Genau so, wie du es dir wahrscheinlich vorstellst. Aber das Komische ist" – ich beugte mich näher zu ihr hinter die Theke – „ich bin irgendwie nervös."

Sie lachte leise. „Und nur zur Klarstellung: Das ist euer erstes offizielles Date."

„Jep."

„Habt ihr nicht schon an Silvester beschlossen, es miteinander zu versuchen?"

„Haben wir. Das ist Wochen her. Und wir haben zwar hier und da mal geredet, aber wir haben beide viel gearbeitet, und wenn ich freihabe, arbeitet er und umgekehrt."

Sie verschränkte die Arme vor der Brust. „Mm-hm."

„Was?"

„Ich kaufe dir das nicht ab."

„Welchen Teil kaufst du mir nicht ab? Du siehst mich doch hier. Seit … seit ich die Einzige bin, die hier das Sagen hat, schufte ich mich krumm.“

Sie schüttelte den Kopf. „Du bist die Einzige, die hier das Sagen hat, seit Tanner angefangen hat, als Deputy zu arbeiten. Das ist nichts Neues. Außerdem machst du abends jetzt dicht, also gibt es weniger Stunden, die verteilt werden müssen. Und wenn du wirklich mehr Zeit mit Donovan verbringen willst, können du und ich die Schichten tauschen. Du bist der Boss, du kannst das einfach entscheiden, und ich würde das gern machen.“

Ich brummte. Janes direkte Art war immer die beste Medizin für mich, wenn auch meistens ziemlich bitter. „Okay. Du hast mich erwischt.“

„Warum gehst du ihm wirklich aus dem Weg?“

Ich öffnete den Mund, um zu antworten, aber die Worte wollten noch nicht rauskommen. Dann purzelten sie trotzdem heraus. „Was, wenn wir total danebenliegen? Was, wenn das Einzige, was ihn zu mir hingezogen hat, war, dass ich Tanners Freundin war? Die beiden hatten doch diese komische Konkurrenz-Sache. Was, wenn ich nach allem, was passiert ist, feststelle, dass Donovan tatsächlich der Arsch ist, als der er sich immer ausgibt, und nicht der verletzte, aber gutherzige Kerl, den ich mir erhoffe? Was, wenn wir heute Abend essen gehen und einfach nichts zu reden haben?“

Ich muss ihr zugutehalten, dass sie nicht über meine wirre Unsicherheit lachte. Stattdessen wurde ihr Blick weich, und sie trat einen Schritt näher und legte mir eine Hand auf die Schulter. „Dann ist das okay“, sagte sie. „Das muss nicht funktionieren. Aber wenn es dir hilft: Ich glaube nicht, dass deine Sorgen irgendeine Grundlage in der Realität haben. Ich habe gesehen, wie er dich ansieht, Nora. Das Date wird vielleicht unbeholfen werden, aber wenn du glaubst, das würde ihn aufhalten, irrst du dich. Um nicht zu sehr in der Vergangenheit zu stochern: Dass du mit seinem besten Freund zusammen warst, hat ihn ja auch nicht aufgehalten."

Mir fiel auf, dass meine Schultern vollkommen verspannt waren, und ich atmete tief durch und ließ sie sinken. „Du hast recht. Ich schätze, ich ... vermisse ihn einfach immer noch."

„Ich weiß. Und das ist okay. Du darfst ihn vermissen und trotzdem dein Leben weiterleben."

Sie ließ die Hand von meiner Schulter rutschen, und ich trank einen Schluck von meinem Feierabend-Kaffee.

„Also", sagte sie, „ich weiß, das ist euer erstes Date, aber habt ihr zwei schon ... du weißt schon?" Ein verschmitztes Lächeln breitete sich auf ihrem Gesicht aus.

Ich hätte mich fast an meinem Kaffee verschluckt. „Jane!"

Sie hob beschwichtigend die Hände. „Was? Ich war beim Feuerwerk dabei. Ich habe gesehen, wie ihr zwei auf der Picknickdecke wart, und mir ist nicht entgangen, dass ihr zusammen verschwunden seid. Ich dachte einfach, nach all dem Warten ..."

„Nein", sagte ich und machte ihrer Spekulation ein schnelles Ende. „Er hat mich nur nach Hause gebracht, das war alles. Ich habe ihn nicht reingebeten oder so. Meine Güte, Jane. Für was für eine Frau hältst du mich?"

„Für eine kluge", sagte sie. „Deshalb dachte ich, du würdest dir so eine Gelegenheit mit diesem heißen Ostwind nicht nochmal entgehen lassen."

Ich verdrehte die Augen und wandte mich ab, damit sie mein Gesicht nicht mehr ansehen konnte.

Aber meine Wangen glühten, und mein Magen zog sich zusammen, wenn ich nur an diesen Abend dachte ...

Donovan hatte mich nach Hause gebracht, und er war nicht mit reingekommen – das stimmte alles.

Der Rest ging Jane nichts an.

Sie musste nicht wissen, wie er mir „Gute Nacht" ins Ohr geflüstert hatte, seine Lippen nur Zentimeter von meinen entfernt. Sie musste nicht wissen, wie sehr ich ihn hatte reinbitten wollen. Und sie musste definitiv nicht wissen, dass wir im selben Moment aufeinander zugerast waren, bevor er meine Handgelenke gepackt und mich im Dunkeln gegen die Haustür gedrückt hatte, oder wie ich seine Leidenschaft auf der Zunge geschmeckt hatte, wie mir Schauer über den Rücken gejagt waren, als er mir hungrige Küsse den Hals hinunter verteilt hatte ...

Und vor allem musste sie nicht wissen, wie wir beide ins Haus gestolpert waren und er auf mir gelandet war, als Ruby die Tür aufgerissen hatte – weil sie dachte, das Poltern davor wäre ein Besucher, der anklopfte.

Rubys Flüche, als sie begriff, was wirklich auf ihrer Veranda vor sich gegangen war, hatten den Moment ziemlich effektiv zerstört, und seither hatte es keinen neuen gegeben.

Grim würgte, als hätte er einen Fellball im Hals, und ich blinzelte die Erinnerung weg. „Alles okay bei dir, Junge?"

„Abgesehen davon, dass ich aus einem fantastischen Traum vom Jagen einer ganzen Herde Hidebehinds gerissen wurde – durch den Geruch deiner Pheromone? Du hast wieder an ihn gedacht, oder?"

„Geht dich nichts an."

Grim rappelte sich auf die Pfoten. *„Komm, Monster. Zeit zu gehen, bevor wir beide hier ersticken."*

Ich bin mir nicht sicher, ob es nur Einbildung war, aber ich hätte schwören können, dass Tanners Vertraute mich böse anstarrte, als sie auf Grims Rücken an mir vorbeiritt.

Ich könnte nicht einmal sagen, wo meine Gedanken waren, als ich aus der wohligen Wärme des Medium Rare in die beißende Februarkälte trat. Es war nichts Ungewöhnliches, das Gefühl zu haben, dass mich etwas vom Rand der Deadwoods aus beobachtete, die nur ein paar hundert Meter entfernt waren, aber heute fühlte es sich besonders real an. Vielleicht lag es an Teds Worten über den nahenden Tod, die mir eine Gänsehaut über den Rücken jagten. Oder daran, dass Grim ohne mich gegangen war und ich allein war, wo ich sonst immer ihn an meiner Seite hatte. Oder vielleicht war da wirklich was.

Meine Einsicht kribbelte. Bildete ich mir das nur ein ... oder spürte ich dasselbe wie Ted?

Ich zog den Mantel fester um mich, machte mich auf den Heimweg und lauschte angestrengt auf jedes noch so kleine Geräusch, das ein Anzeichen dafür hätte sein können, dass jemand – oder etwas – sich mir näherte.

Ich war keine zwei Blocks vom Diner entfernt, als ich tatsächlich etwas rechts von mir hörte und den Kopf herumriss. Es war kaum mehr als ein Schatten, der blitzschnell hinter dem *Ram's Head Inn* verschwand.

Aber wenn ich nicht vollkommen verrückt geworden war – eine Möglichkeit, die ich nicht ausschließen wollte –, hätte ich schwören können, dass ich gerade einen riesigen Höllenhund gesehen hatte.

Das konnte nicht sein. Höllenhunde verließen die Deadwoods nicht.

Grim schon, flüsterte eine kleine Stimme in meinem Kopf.

Einsicht, bist du das?, antwortete ich.

Ted hatte die Möglichkeit erwähnt, dass ein neuer Grim entstanden war. War das passiert? War das der Tod, den er gespürt hatte – ein Höllenhund, der aus seinem Grab auferstanden war?

Oder es war einfach nur ein Schatten, ein Streich, den mir eine vorbeiziehende Wolke gespielt hatte.

Ich blickte gen Himmel und bemerkte die geschlossene Wolkendecke.

Na gut, aber es konnte trotzdem alles Mögliche gewesen sein.

Das redete ich mir zumindest ein, während ich mich schleunigst aus dem Staub machte.

Kapitel Drei

Eine Viertelstunde, bevor es an Rubys Haustür klopfte, waren mir die Ideen ausgegangen, wie ich mich weiter aufhübschen und damit ablenken konnte.

Magische Dusche? Erledigt. Saubere Hose und ein babyblauer Pullover? Erledigt. Zähne geputzt? Erledigt.

Und … das war's dann auch schon. Ich hatte kurz überlegt, mich zu schminken, einfach, um meine Hände zu beschäftigen, aber dann fiel mir ein, dass ich kein Make-up besaß. Klar, in Eastwind gab es welches zu kaufen, aber mir war nie in den Sinn gekommen, welches zu besorgen. In meinem alten Leben hatte ich welches gehabt, aber selbst da war ich nie ein großer Fan gewesen. Höchstens ein bisschen Abdeckstift für die geröteten Stellen im Gesicht und ein bisschen Wimperntusche — wer hatte schon Zeit für volle Kriegsbemalung?

Da Make-up also keine Option war, tat ich etwas sehr Ruby-mäßiges und vertrieb mir die Zeit damit, Tee aufzusetzen. Ich schüttete so viel von ihrem getrockneten Lavendel in den Kessel, dass ich mir vornahm, morgen im Pixie Mixie vorbeizuschauen und ihre Vorräte wieder aufzufüllen.

Aber als es endlich klopfte, atmete ich erleichtert auf und öffnete die Tür.

Da stand er – groß, atemberaubend gutaussehend und heute Abend ganz mein. Ein zurückhaltendes Lächeln breitete sich auf seinen Lippen aus, während er mich mit diesen eisblauen Augen musterte. Dann hielt er inne, runzelte die Stirn über seinen dunklen Brauen, und er beugte sich ein Stück zur Seite, um an mir vorbeizuspähen. „Opferst du da drin gerade ganze Lavendelbüsche oder was?"

„Äh ..."

„Nicht falsch verstehen", fügte er schnell hinzu, „ich mag den Duft."

Ich nahm meinen Mantel vom Haken, zog ihn an, trat hinaus und zog die Tür hinter mir zu. „Es ist nichts."

Nur, dass ich seit meinem vierzehnten Lebensjahr nicht mehr so nervös wegen eines Jungen war.

Draußen war es bereits dunkel, und im Licht der Straßenlaternen fielen leise Schneeflocken. Ich drehte mich zu ihm um – und mein Herz machte einen Satz.

Er sah mir direkt in die Augen. „Du siehst wunderschön aus."

Für einen Moment war ich mir nicht sicher, ob wir es überhaupt von der Veranda schaffen würden, geschweige denn bis ins Restaurant. Erinnerungen an das letzte Mal, als wir zusammen auf dieser Schwelle gestanden hatten, fluteten mein Hirn wie eine Droge.

„Danke."

„Ich meine es ernst. Du bist die schönste Frau, die ich je gesehen habe."

Ich lachte leise. „Zu viel des Guten. Jetzt weiß ich, dass du lügst."

Anstatt es abzustreiten, lachte er mit und gestikulierte mit dem Arm, dass wir losgehen sollten.

Ich war dem kalten Wetter fast dankbar, denn es ersparte mir die Frage nach dem Händchenhalten. Ich vergrub die Fäuste tief in meinen Manteltaschen, und er tat dasselbe – in seinem Mantel, nicht in meinen. Das wäre komisch gewesen.

Du bist so eine Idiotin. Seit wann macht dir Händchenhalten Angst?

Aber bei ihm fühlte ich mich ein bisschen wie wieder auf der Highschool. Alles schien neu.

„Wohin gehen wir eigentlich?", fragte ich, und mir wurde bewusst, dass ich seit dem Frühstück nichts gegessen hatte.

„Direkt zurück zu mir", sagte er.

Ich fuhr herum, und er lachte. „War nur ein Scherz. Obwohl, wenn dir das gefällt …"

„Du kommst nicht drumherum, mir ein Essen auszugeben, also hör auf, es zu versuchen."

Er gab nach. „Wir gehen ins *Luna's Den*."

„Davon hab' ich noch nie gehört."

„Kein Wunder. Es liegt in Hightower Gardens und nimmt nur drei Reservierungen pro Abend an. Ich musste sechs Wochen im Voraus buchen."

Ich rechnete schnell im Kopf. „Moment. Das war noch im Dezember."

Er zuckte mit den Schultern. „Was soll ich sagen?"

„Und wenn ich, na ja, an Silvester nicht auf deinen Vorschlag eingegangen wäre?"

„Dann hätte ich ein wunderbares Abendessen allein genossen. Wär nicht das erste Mal gewesen."

Ich stupste ihn mit der Schulter an. „Armes Opfer", neckte ich ihn.

„Ich sehe mich eher als Überlebenden", konterte er. „Manchmal muss man einfach abwarten, bis man seine Chance auf das bekommt, was man will." Ihm schien aufzugehen, was er da gerade angedeutet hatte, und er fügte eilig hinzu: „Ich meine nicht, dass ich versucht habe, Tanner zu überleben oder so. Du weißt, dass ich das niemals gewollt habe, und ich war glücklich mit Eva. Oder … na ja, ich habe nie aufgehört, an dich zu denken, aber ich war auch —"

Er war stehen geblieben, während er stammelnd versuchte, es mir zu erklären. Ich zog die Hand aus der Tasche und legte sie auf den Ärmel seines marineblauen Wollmantels. „Schon gut. Ich verstehe das."

Ich sah ihm in die Augen, und er nickte. „Ich weiß, dass du das tust. Tut mir leid."

Ich war mir nicht sicher, wofür genau er sich entschuldigte.

Ohne nachzudenken, trat ich einen Schritt näher und tat etwas, das für uns beide völlig neu war.

Ich küsste ihn. Weich, langsam. Nur einmal. Dann zog ich mich zurück und fühlte mich ein bisschen benebelt.

Er hatte nicht einmal Zeit gehabt, die Hände aus den Taschen zu nehmen, bis ich mich wieder zurückzog. Seine Augen bohrten sich in meine, aber er sagte kein Wort.

Und dann gingen wir weiter nach Hightower Gardens, und der Schnee, der alle Geräusche dämpfte, gab uns das Gefühl, als wären wir die einzigen zwei Menschen auf der ganzen Welt.

Ich bemerkte sofort, dass Donovan noch nie im *Luna's Den* gewesen war. Er wirkte genauso erstaunt wie ich, als wir die intensive Intimität des Restaurants entdeckten.

Sie nahmen nur drei Reservierungen pro Abend an, weil es nur drei Tische gab. Jeder hatte zwar seinen eigenen kleinen, abgetrennten Bereich für Privatsphäre, aber die gesamte Einrichtung wirkte eher wie aus einem teuren Bordell als wie die eines Restaurants.

Der Platzanweiser begrüßte uns mit einem Nicken, fragte nicht einmal nach dem Namen, nahm unsere Mäntel und führte uns zu unserem Tisch.

Der Tisch war nicht hoch, ähnlich wie der bei Donovan zu Hause. Und wie dort sollten wir auf dem Boden sitzen. Nur waren es hier keine einzelnen Kissen, sondern ein einziges halbrundes Polster, das eindeutig dafür gedacht war, dass beide Gäste eng aneinanderkuschelten.

Kein Familienrestaurant, so viel stand fest.

Ich gebe zu, mein Mund blieb ein Stück weit offen stehen, als ich das sah. Immerhin prustete ich nicht los wie er.

Der Platzanweiser wirkte alarmiert. „Ist alles in Ordnung, Mr. Stringfellow?"

Er kämpfte vergeblich um Fassung. „Ja. Alles bestens. Tut mir leid. Mir ist nur gerade etwas Komisches eingefallen, das heute passiert ist."

Der Mann glaubte ihm kein Wort, wurde aber nicht dafür bezahlt, irgendetwas zu kommentieren, und nickte einfach, bevor er uns allein ließ.

„Ist es der rote Fransenvorhang?", fragte ich und fand eine bequeme Position.

„Ich schwöre, ich hatte keine Ahnung, wie das hier drin aussieht", sagte er und rang noch immer nach Luft. „Ich wusste, dass es schick ist, aber das hier sieht aus wie ..." Er beendete den Satz nicht.

Die Flitterwochen-Suite eines Hotels in Vegas, dachte ich. Nicht billig, aber auch nicht besonders stilvoll. Und unser Tisch war unter den Tischen das Äquivalent eines herzförmigen Whirlpools. Natürlich würde er den Vergleich nicht verstehen.

„Was für Essen servieren sie hier?", fragte ich. Der Platzanweiser hatte keine Karten dagelassen.

„Weitgehend Wisconsin-Style Steaks."

„Ich habe keine Ahnung, was das hier bedeutet." In meinem alten Reich hätte ich angenommen, da wäre Käse im Spiel. Aber das Wisconsin, das alle in Eastwind kannten und (manche) liebten, war kein Bundesstaat, sondern ein Reich gleich neben Avalon, regiert von Werwesen. Dort hatten Jane und Ansel ihre Flitterwochen verbracht. Ich hatte immer gedacht, da draußen gäbe es nur Wald, wo sie sich verwandeln und unbekümmert laufen konnten, aber offenbar gab es auch ein paar Etablissements, die Vegas Konkurrenz machten.

„Das bedeutet, du bekommst gleich das beste Steak deines Lebens", sagte er. „Solange du es blutig magst."

Ich bevorzugte medium rare, aber wenn ich in guten Händen war, war ich bereit, Neues auszuprobieren. „Blutig kann köstlich sein."

Als die Kellnerin kam, lächelte sie uns an und begrüßte uns herzlich. Dann ratterte sie das Tagesmenü herunter. Mein kulinarisches Herz explodierte fast. Das hier war eines dieser Steakhäuser, wo sie das Fleisch praktisch anbeteten und es wie eine Opfergabe für die Götter präsentierten. Ich konnte das Stück schon fast in seinen eigenen Säften brutzeln sehen, schmeckte schon, wie es butterweich auf der Zunge zerging.

Als die Kellnerin mit den Specials fertig war, war ich so überzeugt von ihrem Können, dass ich ihr mein Leben anvertraut hätte – was man ja irgendwie tut, wenn man in ein Restaurant geht und jemand anderes für einen kocht. (Darüber dachte ich lieber nicht zu oft nach.)

Als sie einen Wein zum Essen empfahl, sagte ich sofort Ja, und sie nickte und verschwand.

Mein Blick begegnete Donovans, und er nickte. „Das wird unglaublich."

Es war so seltsam. Im selben Moment wusste ich, dass er genau verstand, wie unglaublich. War er ... ein heimlicher Foodie?

„Und du warst wirklich noch nie hier?"

„Nein. Hatte nie einen Grund."

Ich neigte den Kopf und warf ihm einen strengen Blick zu. Ich wollte Evas Namen nicht aussprechen, hoffte aber, er verstand auch so.

Und das tat er. „Okay, okay. Aber ich glaube nicht, dass es ihr gefallen hätte. Sie war Vegetarierin, bevor sie nach Eastwind gekommen ist."

Mein Mund klappte auf. „Was?" Ich hatte sie öfter Fleisch essen sehen, als sie im Diner gearbeitet hatte. Vielleicht war das Essen im Medium Rare einfach zu gut.

Oder sie hatte einfach Lust auf Veränderung gehabt. Außerdem wurde alles Fleisch in Eastwind deutlich ethischer produziert als zu Hause. Keine Käfige, keine Hormone. Klar, da war wahrscheinlich ein bisschen Magie im Spiel, aber niemand schien sich Sorgen zu machen, und ich wusste zu wenig darüber, um Einwände zu erheben.

„Ja", sagte er. „Sie hat mir verboten, es irgendwem zu erzählen, aber ich schätze, jetzt ist es okay." Seine Mundwinkel sackten ihm herunter.

Hatte er sie geliebt? Ich hatte sie das nie sagen hören, aber sie waren auch nicht der Typ für öffentliche Liebesbekundungen gewesen.

Instinktiv griff ich nach seiner Hand. „Ich werde niemandem Evas dunkles Geheimnis verraten."

Er grinste dümmlich, bevor er es wieder unter Kontrolle hatte. Als er lachte, lachte ich mit, und wieder spürte ich dieses unausgesprochene „Ich verstehe, weil ich dasselbe durchmache" zwischen uns.

Ich könnte ewig von dem Wein und den Steaks schwärmen, aber es genügt zu sagen: Obwohl wir versuchten, jeden Bissen zu genießen, waren die Teller viel zu schnell leer. Mit leeren Tellern vor uns bestellten wir eine zweite Flasche Wein.

Das Glas hing lässig in meiner Hand, während ich daran nippte und darüber nachdachte, wie großartig dieser Abend schon war – und wie viel besser er noch werden könnte, sobald wir hier raus waren.

„Kennst du noch ein paar andere tolle Restaurants, die wir bald ausprobieren sollten?"

Er legte den Kopf schief und zog eine Braue hoch, während er mich musterte. „Versuchst du etwa, ein zweites Date aus mir rauszukitzeln, Nora?"

„Ich versuche, dich dazu zu bringen, die Rechnungen für meine kulinarische Tour durch Eastwind zu übernehmen, ja."

Er nickte. „Ich verstehe. Dann sollte ich wohl nehmen, was ich kriegen kann ..." Er hielt inne und rümpfte die Nase. „Spürst du das auch?"

Ich spürte es nicht nur – ich konnte es auch sehen. Der weibliche Geist hatte sich so eng an Donovans Seite geschmiegt, dass ich schon Angst hatte, sie würde gleich in ihn hineinschlüpfen und von meinem heißen Date Besitz ergreifen.

„Ja, ich spüre es", sagte ich, zuerst an ihn gewandt, bevor ich die ungebetene Besucherin anfunkelte. „Nicht cool. Finger weg."

„Ich finde es klasse, wenn du ein wenig besitzergreifend wirst", sagte Donovan.

Der Geist warf sich die langen, seidigen Haare über die Schulter und schlang die Arme um Donovans Bizeps. Selbst im schummrigen Licht sah ich, wie sich die Haare an seinem Arm aufstellten, wo er die Ärmel seines hellgrauen Pullovers hochgeschoben hatte. „Was willst du schon dagegen tun, Nekromantin?", höhnte sie.

„Erstens ist der Begriff veraltet und ein bisschen beleidigend. Heute sagt man ‚Hexe des Fünften Windes'. Und zweitens: Ich verbanne dich. Ich habe heute keine Lust auf Spielchen, Weib. Ich habe einen Bauch voll Steak und Rotwein, und wenn du glaubst, das wäre keine perfekte Mischung, um dir ordentlich die Meinung zu geigen, hast du dich getäuscht. Wir können morgen reden, aber jetzt verschwinde."

Der Geist war wunderschön, und als sie einen Schmollmund zog, wirkte es eher verführerisch als kindisch. „Du hast ja noch nicht einmal gehört, was ich zu sagen habe."

„Wie lange bist du schon tot?"

„Kommt darauf an. Welches Jahr haben wir?"

Ich sagte es ihr.

„Achtundachtzig Jahre also."

Ich nickte. „Fantastisch. Dann kannst du auch noch einen Tag warten."

Wir starrten einander an, und endlich schien bei ihr anzukommen, dass ich es ernst meinte.

Ihre süße Mädchenstimme wurde tiefer, als sie sagte: „Ich könnte von ihm Besitz ergreifen, weißt du? So, so leicht ..."

Sie musste zu Lebzeiten ein echtes Biest gewesen sein. Wahrscheinlich steinreich und gewohnt, dass alle nach ihrer Pfeife tanzten. Kein Wunder, dass jemand sie hatte ermorden wollen. „Ich weiß, dass du das könntest. Aber dann würde ich ihn einfach exorzieren und dich ohne jedes Bedauern in die tiefsten Tiefen verbannen."

„Was?", fragte Donovan. „Wen exorzieren? Mich? Warum reden wir überhaupt darüber?"

Der Geist verzog das Gesicht. *„Nicht, wenn ich ihn vorher auf dich hetze."*

„Du hast deinen Standpunkt klargemacht. Wenn du jetzt nicht die Klappe hältst, werde ich dir morgen *definitiv* nicht helfen."

Sie brummte, hielt einen Moment inne – und ließ dann seinen Arm los und löste sich in Luft auf.

Er blinzelte mich mit großen Augen an. „Wer war das?"

„Keine Ahnung. Keine Sorge, ich habe sie verscheucht." Ich

leerte mein Glas in einem Zug. „Aber ich glaube, wir müssen jetzt noch woanders hin."

„Ich schätze, du meinst nicht zu einem von uns nach Hause."

Der arme Kerl sah immer noch leicht mitgenommen aus, deshalb blieb ich ernst. „Nein. Noch nicht jedenfalls. Aber wenn wir mehr Zeit miteinander verbringen wollen, solltest du vielleicht besser Schutz besorgen."

Als mir klar wurde, wie das klang, fügte ich schnell hinzu – mehr für mich als für ihn: „Spirituellen Schutz."

Kapitel Vier

Der Schnee fiel in dichteren Flocken, als wir das Viertel Hightower Gardens verließen und Richtung Stadtzentrum gingen. Erst als *Ezra's Magical Outfitters* in Sicht kam, fiel mir ein, dass wir vielleicht zu spät dran sein könnten. Aber drinnen brannte noch Licht – ein gutes Zeichen. Solange Ezra da war, würde er uns mit Sicherheit noch bedienen. Na ja, mich. Fand ich nur fair, schließlich hatte Donovan das Abendessen bezahlt, und es war meine Schuld, dass ein Geist unser Date gecrasht hatte ... und das auch weiter tun würde.

Tanner hatte sich nie sonderlich an den Geistern gestört, die einfach so hereinschneiten (von seinen Eltern mal abgesehen). War das eine Westwind-Sache? Vielleicht waren Ostwinde wie Donovan einfach sensibler für Geister.

Erst ein paar Schritte vor der Ladentür konnte ich klar durch die Scheiben sehen. Ezra stand vor der Theke, aber es sah nicht aus, als würde er dem Paar etwas verkaufen. Beide hatten uns den Rücken zugekehrt, sie waren groß und schlank. Elfen vielleicht? In Erin Park gab es eine Menge Elfen, die so gut wie nie in die Stadt kamen, geschweige denn in die Outskirts, deshalb kannte ich sie nicht. Nur hatte der Mann kurze dunkle Haare, und ich konnte mich nicht erinnern, je einen Elfen ohne lange Haare gesehen zu haben.

Wenn Ezra dabei war, jemandem etwas zu verkaufen, hatte er immer dieses verschmitzte Grinsen im Gesicht, das einem das Gefühl gab, man stünde kurz davor, etwas Lebensveränderndes zu kaufen. Aber jetzt sah er anders aus. Zwischen seinen alterslosen Brauen hatte sich eine tiefe Falte eingegraben, und alle paar Sekunden schüttelte er energisch den Kopf. Fast, als wäre er derjenige, dem etwas angedreht werden sollte.

Obwohl der Laden laut der Öffnungszeiten an der Tür seit zehn Minuten geschlossen hatte, war nicht abgeschlossen, also traten wir einfach ein.

Unser Eintreten lenkte die Aufmerksamkeit des Südwindhexenmeisters auf sich, und er beugte sich an seinen beiden Gästen vorbei.

„*Miss Ashcroft!*", sagte er sichtlich erleichtert, dass er das Gespräch beenden konnte. „Und der *andere* Mr. Stringfellow!"

Der *andere* ...?

Als die beiden sich umdrehten, hätte ich fast aufgeschrien. Die Frau war wunderschön und – sobald ich die hohen Wangenknochen und die weiche Haut sah – eindeutig eine Elfe, aber ich kannte sie nicht.

Der Mann dagegen ...

Ich konnte mich gerade noch davon abhalten, „Doppelgänger!" zu schreien und aus dem Laden zu sprinten. Ich bin kein Feigling, aber von Doppelgängern lasse ich mich kein zweites Mal reinlegen, nachdem mich zwei von ihnen unter Drogen gesetzt und entführt hatten. Einmal reicht.

Zum Glück schaltete mein Verstand schneller als meine Beine. Es war nicht Donovan, den ich anstarrte, auch wenn die Ähnlichkeit unheimlich war. Nein, dieser Mann war ein bisschen größer, hatte weichere Augen und ... das war's auch schon mit den Unterschieden. Aber ich hatte ihn schonmal gesehen. Überall an den Wänden im Haus von Donovans Eltern hingen Porträts von ihm.

Donovan sprach, als würde er einen Fluch ausstoßen. „Leonardo? Was zum Höllenhund machst du in Eastwind?"

Donovans älterer Bruder war schon auf dem Weg zu ihm, die Arme ausgebreitet, und als klar wurde, was er vorhatte, hob Donovan abwehrend die Hände und stolperte einen Schritt zurück.

„Komm her, Donny." Leonardo packte seinen kleinen Bruder und zog ihn – gegen Donovans ausdrücklichen Willen – in eine Bärenumarmung.

Die Frau sah zu, als wäre das die süßeste Zuneigungsbekundung, die sie je gesehen hatte.

Als er endlich losließ, klopfte Donovan sich ab, als hätte sein Bruder ihn beschmutzt.

Ein entschiedenes Miauen zog meine Aufmerksamkeit auf sich, und die größte Hauskatze, die ich je gesehen hatte, stolzierte hinter einem Besenständer hervor und schlängelte sich um Leonardos Knöchel. Die Vertraute war nicht fett (wie Monster), sondern groß und schlank, mit einem Fell in der Farbe von Gewitterwolken und aufmerksamen smaragdgrünen Augen.

Es war immer ungewöhnlich, die Vertrauten einer Hexe in der Öffentlichkeit zu sehen. Grim war die Ausnahme, was vor allem an seiner Größe und Gefährlichkeit lag. Nicht gerade leichte Beute für einen hungrigen Werwolf wie Donovans flauschigen Vertrauten Gustav. Ich war mir nicht sicher, ob das Selbstbewusstsein von Leonardos Vertrauter daher kam, dass sie sich selbst verteidigen konnte, oder ob sie einfach ein viel zu verwöhntes Leben in Avalon geführt hatte.

Der ältere Stringfellow wandte sich mir zu und musterte mich gründlich von oben bis unten. „Ich erinnere mich nicht an dich aus meiner Zeit hier. Und ich glaube, an jemanden mit deiner Ausstrahlung *würde* ich mich erinnern." Er lächelte charmant.

„Nora Ashcroft", sagte ich und streckte ihm die Hand entgegen.

Er ergriff sie, schüttelte sie aber nicht, sondern führte sie an die Lippen und hauchte einen leichten Kuss auf meine Fingerknöchel. „Sehr erfreut."

Ich musste mir auf die Zunge beißen, um nicht loszuprusten.

„Bist du aus Eastwind?", fragte Leonardo.

„Ursprünglich nicht."

„Sie ist eine Hexe des Fünften Windes", sagte Donovan, der offenbar seine Sprache wiedergefunden hatte.

Kaum hatte er „Fünfter Wind" gesagt, huschte ein seltsamer Ausdruck über Leonardos Gesicht. Da war eine Frage, aber sie verschwand, bevor er sie stellte. „Und ihr zwei seid … nur Freunde?"

Mit Nachdruck sagte Donovan: „Nein."

Mein Magen zog sich zusammen, aber ich war nicht böse. Eher überrascht.

Leonardo hob eine Braue. „Im Ernst?" Er blickte zwischen Donovan und mir hin und her. „Ihr seid zusammen?"

Ich ersparte Donovan die Qual und sagte: „Ja. Wir sind zusammen." Ich hakte mich bei ihm unter und lächelte zu ihm auf.

Die Details konnten wir später klären. Im Moment brauchte der gute alte Donny nichts dringender, als seinem Bruder eins auszuwischen – und wenn das bedeutete, eine freakige Freundin zu haben, dann half ich ihm gerne dabei.

Leonardos Blick sprang zwischen Donovan und mir hin und her, als suchte er nach einem Riss in der Fassade. Schließlich sagte er: „Na so was! Aber ich will nicht vergessen, warum ich eigentlich kurz zu Hause vorbeischaue!" Leonardo trat einen Schritt zur Seite, und die schöne Elfe kam näher. Er legte einen Arm um ihre Taille. „Das ist meine Verlobte, Serena." Die Katze schmiegte sich an Serenas Knöchel und schnurrte.

Donovan lachte trocken auf. „Deine Verlobte? Du bist mit einer Elfe verlobt?"

Ich stupste ihn wegen seiner scheinbar voreingenommenen Bemerkung so unauffällig wie möglich mit dem Ellenbogen an, und er fuhr zu mir herum. „Was? Du weißt, dass ich kein Problem damit habe, aber wenn du gehört hättest, wie er früher über Mischehen geredet hat –"

Leonardo räusperte sich. „Das ist Jahre her, Donny. In einer eingeschränkten Stadt wie Eastwind entwickelt man leicht derart engstirnige Ansichten. Aber die Jahre in Avalon mit seinen vielfältigen Bewohnern und Vierteln haben meinen Horizont erweitert. Ich wünschte wirklich, du hättest mich dort besucht. Dann würdest du es verstehen."

„Bestimmt hat eine Eule deine Einladung unterwegs fallen lassen", keifte Donovan. „Ich habe kein Wort von dir gehört, seit du abgehauen bist."

Leonardo ließ sich nicht aus der Ruhe bringen. „Hey! Jetzt sind wir ja alle mal wieder zusammen – das sollten wir doch mit einem Familienessen feiern, oder?"

Ich spürte, wie Donovans Muskeln sich zu Stein verhärteten. Wenn ich nicht gerade seinen dominanten Arm gehalten hätte, hätte er seinem Bruder wahrscheinlich eine reingehauen, nur für den bloßen Vorschlag eines Familientreffens. „Ich habe zu tun."

„Wir haben noch nicht mal einen Termin festgelegt."

„Ich habe viel zu tun."

Leonardo wandte sich mir zu. „Und du, Nora? Hast du auch ‚viel zu tun'? Als Donovans Freundin bist du quasi schon Familie! Komm und feiere mit Serena und mir, auch wenn er keine Zeit hat."

„Donovans Freundin." Das geriet langsam außer Kontrolle. Und so gern ich gesagt hätte, dass ich auch viel zu tun hatte – nicht, dass das gelogen gewesen wäre –, machte Leonardos Eifer das unmöglich.

Und vielleicht hatte die Vorstellung von einem Familienessen auch etwas Reizvolles. Als Einzelkind und Waise hatte ich das nie erlebt. Als Kind hatte es mich immer fasziniert, wenn ich es im Fernsehen sah, in Filmen oder wenn die anderen Kinder in der Schule sich darüber beschwerten.

„Ich bekomme das schon hin", sagte ich.

Ich hätte schwören können, dass Donovan neben mir grunzte.

„Fantastisch!", antwortete Leonardo. „Wir sollten losmachen. Vielleicht schaffen wir es noch zum späten Abendessen im *Ram's Head Inn*."

„Ihr übernachtet im *Ram's Head Inn*?", fragte Donovan. „Warum pennt ihr nicht einfach bei Mom und Dad?"

Leonardo zögerte einen winzigen Moment, dann sagte er: „Wir wollen ihnen nicht zur Last fallen."

„Ich versichere dir, sie würden das nicht als Last empfinden. Eher als große Ehre."

Leonardo lachte. „Du warst schon immer ein Witzbold, Donny." Er nahm Serenas Hand und nickte mir zu. „War mir eine Freude, Nora. Wir sehen uns bald." Wir traten aus dem Weg, damit sie an uns vorbeigehen konnten, die Katze direkt an seinen Fersen, und schon mit der Hand an der Tür rief Leonardo über die Schulter: „Wir reden bald weiter, Ezra."

„Ich freue mich schon", antwortete Ezra, und es klang nach allem anderen als das.

Nachdem das Paar den Laden verlassen hatte, herrschte einen Moment lang Stille – Ezra starrte ihnen finster hinterher, und Donovan blinzelte, als wäre er gerade aus einem Alptraum erwacht. Schließlich sagte er: „Ich glaube nicht, dass die vorhaben, Mom und Dad zu besuchen, solange sie hier sind.“

Den Eindruck hatte ich auch, was seltsam war, denn Hans und Jasmine Stringfellow waren eigentlich ganz sympathisch – solange man nicht Donovan war.

Außerdem war da noch die Sache mit dem *Ram's Head Inn* … Ich hatte heute erst dieses Ding hinter dem Inn gesehen, was immer es auch war oder nicht war. War das Zufall?

„Womit kann ich euch heute helfen?“, fragte Ezra, und jetzt klang er wieder wie sein normales, fröhliches Selbst.

„Staurolith für ihn bitte“, sagte ich und deutete auf Donovan.

Ezras Verkäufergrinsen verwandelte sich in ein noch weniger unschuldiges. „Ah, ich verstehe.“ Er zwinkerte mir zu. „Hier entlang.“

Er führte uns zu derselben Vitrine, in der einst der Staurolith-Anhänger gelegen hatte, den ich gerade trug.

Staurolith ist optisch nicht gerade ein Hingucker. Die Kristalle bilden von Natur aus ein X, aber drumherum ist ein Stein, der aussieht wie Zement. Von allen möglichen Edelsteinen, die am besten zu meiner Energie gepasst hätten, war es ausgerechnet dieses hässliche Ding. Typisch. Hoffentlich funktionierte es wenigstens bei Donovan – zumindest, was das Nicht-Besessenwerden anging. Keine hohe Latte, ich weiß, aber eine sehr wichtige.

„Der ist genau wie deiner“, sagte Ezra und hielt ihn hoch.

Donovan sah mich an, und ich zog meinen Anhänger hervor, um ihn ihm zu zeigen.

„Nur eins solltet ihr wissen“, fuhr der Südwindhexenmeister fort, „er wirkt nur, solange er den Körper berührt. Wenn man ihn also in einem Anfall von Leidenschaft abreißt und achtlos auf den Nachttisch wirft, ist er nutzlos.“

Ich funkelte ihn an, und er grinste ungerührt zurück.

Als Donovan sich räusperte, dachte ich, er würde nach dem Preis fragen, aber stattdessen sagte er: „Worüber hast du vorhin mit meinem Bruder gesprochen?"

„Hm?" Ezras Brauen schossen hoch, während er Unschuld vorschützte. „Ach so. Er hat ... nach einem guten Ehering gesucht."

Ezra hatte zwar eine große Auswahl an Ringen in der Vitrine neben der Kasse, aber seine Antwort war eindeutig ein Haufen Einhornäpfel. „Warum ist er nicht einfach zum Juwelier gegangen? Warum in einen Magieladen?", fragte ich.

Ezra zuckte mit den Schultern. „Keine Ahnung. Musst du ihn fragen."

Ich wechselte einen kurzen Blick mit Donovan, und wir schienen uns einig zu sein, dass die Antwort ziemlich dünn war. Aber er sagte: „Cool. Ich nehme den", und deutete auf den Anhänger.

„Perfekt", sagte Ezra. „Passende Staurolith-Amulette. Ihr seid wirklich ein süßes Paar!"

Kapitel Fünf

„Es kratzt ein bisschen", sagte Donovan und blickte an sich herunter, während wir Ezra's Magical Outfitters verließen.

„Die Nachteile von empfindlicher Haut, schätze ich", sagte ich und warf ihm einen Seitenblick zu, während wir gemächlich im Mondlicht spazieren gingen. „Du gewöhnst dich schon daran."

Er seufzte, und ich spürte förmlich, wie die Anspannung von unserem Zusammentreffen mit seinem Bruder im Laden beim Ausatmen entwich. „Hör zu, Nora. Lass uns das einfach offen ansprechen. Du weißt, dass ich so viel will, wie du mir geben magst, aber ich will nicht, dass du dich gedrängt fühlst –"

Ich blieb abrupt stehen und legte ihm einen Finger auf die Lippen. „Mach dir keine Sorgen. Ich bin ein großes Mädchen und lege sowieso nicht viel Wert auf Labels. Du und ich wissen, was zwischen uns läuft, und das reicht mir vollkommen."

Er nickte, schluckte schwer und sagte: „Und was genau läuft zwischen uns?"

„Du hast mich zum unglaublichen Essen ausgeführt, und jetzt haben wir passende Staurolith-Anhänger, die verhindern, dass irgendwas von uns Besitz ergreift."

„Ah. Das klärt die Sache. Noch eine Frage."

Ich wartete.

„Bist du meine Freundin?"

Ich trat näher, schlang die Arme um seinen Hals und genoss die Wärme seines Körpers in der kühlen Februarluft. Ich küsste ihn – und diesmal nicht zart wie zuvor. Wir küssten einander weiter, und als ich mich schließlich löste, sagte ich: „Nein. Bin ich nicht."

„Du hast recht. Freundinnen küssen nicht so. Liebhaberinnen schon."

Ich schlug ihm auf den Bauch. „Oh, halt die Klappe!"

Er hob abwehrend die Hände. „Ich mein' ja nur. Wenn du willst, dass ich eine unglückliche Ehe mit jemand anderem eingehe, damit du meine Geliebte sein und das weitermachen kannst – sag einfach Bescheid."

Ich stöhnte. „Du bist unmöglich." Dann schob ich meine Hand in seine, und wir gingen zurück zu Ruby.

Als wir auf der Veranda ankamen, zog sich mein Magen wieder zusammen. War jetzt der Moment? Es wäre nicht schwer gewesen. Ich hätte nur die magischen Worte sagen müssen: „Willst du noch mit reinkommen?"

Aber nein. Ich wusste es sofort. Irgendwann an diesem Abend hatte sich das mit Donovan verändert. Früher wäre es meine absolute Priorität gewesen, ihn mit nach oben zu nehmen, aber jetzt drängten sich andere Dinge dazwischen. Zum Beispiel ihn besser kennenzulernen und – große Göttin, steh mir bei! – zu warten.

Nein!, schrie der Teil meines Hirns, der seit unserem ersten heißen Kuss am Klippenrand ausschließlich *Team Donovan* war.

„Da du ja nicht meine Freundin bist", sagte er und lehnte sich mit der Schulter gegen den Türrahmen, „bist du auch nicht verpflichtet, zu dem zweifellos grausamen Familienessen zu kommen."

„Wenn ich aber will?", fragte ich. „Ich habe nie richtige Familienessen gehabt. Könnte lustig werden."

Er schnaubte. „Ein einziges Essen mit den Stringfellows, und du bist geheilt."

„Weißt du", sagte ich, „dein Bruder ist eigentlich ziemlich heiß."

„Nora Ashcroft", warnte er, „wir sind vielleicht nicht zusammen, aber wenn ich nochmal sowas über meinen Bruder höre, mache ich sofort Schluss."

Ich zuckte mit einer Schulter. „Reg dich nicht auf. Ich glaube, es liegt nur daran, dass er dir ähnlich sieht."

Er verkniff sich ein Grinsen und schüttelte langsam und energisch den Kopf. „Nein. Nicht einmal das macht es akzeptabel."

Ich lachte. „Gut. Aber ich bin beim Essen dabei. Und die müssen ja nicht wissen, dass ich nicht deine Freundin bin."

Er kam einen Schritt näher. „Wie heißt es so schön? *Fake it till you make it!*"

Das war eine gute Zeile, und ich wollte, dass sie bei mir ankam, aber ich kam über eine Sache nicht hinweg ...

Ich wich ein Stück zurück. „Das habe ich in meiner alten Welt oft gehört. Aber ich glaube, hier habe ich das noch nie gesagt. Nicht in Eastwind."

„Und?" Er machte einen halben Schritt auf mich zu.

Und ich einen halben zurück. „Und? Hast du das von Eva?"

Er zuckte mit den Schultern. „Vielleicht. Warum ist das wichtig? Sprache aus verbundenen Welten vermischt sich nunmal."

„Stimmt." Ich hatte schon öfter Leute seltsame Dinge aus

meiner Welt sagen hören, die sie eigentlich nicht kennen durften. „Aber meine Welt ist nicht verbunden. Oder sollte es zumindest nicht sein."

Endlich gab er nach und erkannte scheinbar, dass die Sache geklärt sein musste, bevor es zwischen uns weitergehen konnte. „Ich weiß nicht, was du hören willst. Ich habe es wahrscheinlich von Eva."

Ich hielt inne. Warum hakte ich überhaupt nach? Gab es da noch eine törichte Hoffnung in mir, dass etwas zwischen den Reichen durchsickern könnte, dass ich vielleicht doch noch zurück nach Texas finden könnte?

Zurück zu Tanner?

Du musst damit aufhören. Das ist niemandem gegenüber fair.

Ich sah zu ihm auf. „Tut mir leid", sagte ich. „Ich wollte sie nicht erwähnen."

„Ist schon gut", sagte er, aber das konnte es unmöglich sein, und die Traurigkeit in der Weichheit seiner Stimme entging mir nicht.

„Es war ein wirklich schöner Abend", sagte ich – zum Teil, weil es stimmte, und zum Teil, um das Gespräch wieder in die richtigen Bahnen zu lenken.

Er strich mir eine Haarsträhne hinters Ohr. „Ja, finde ich auch." Der Kuss begann langsam und endete genauso sanft. „Ich sage dir wegen des Essens Bescheid – schließlich ist es deine Schuld, dass du zugesagt hast."

„Du musst nicht mitkommen."

Er schüttelte entschieden den Kopf. „Auf keinen Fall lasse ich dich mit denen allein. Es ist vollkommen unmöglich, dass Mom und Dad mich nicht nerven, sobald sie erfahren, dass Leonardo wieder in der Stadt ist. Oh, Freude!" Er seufzte, und wir wünschten einander eine gute Nacht.

Ich lehnte mich gegen die Tür, und er ging rückwärts die Treppe hinunter, ohne den Blick von mir zu lösen. Wenn seine

Augen hätten sprechen können, hätten sie ziemlich eindeutige Dinge gesagt.

„Pass auf die Stufe auf!"

Er drehte sich gerade noch rechtzeitig um, bevor er rückwärts die Treppe runtergefallen wäre. „Hoffentlich bringt mich meine Unfähigkeit, die Augen von dir zu lassen, nicht noch um."

„Die Hoffnung stirbt immer zuletzt."

Kapitel Sechs

Bei genauerer Betrachtung musste ich vom teuren Wein beschwipst gewesen sein, als ich geglaubt hatte, ein Essen mit den Stringfellows wäre auch nur ansatzweise eine gute Idee.

Spät am nächsten Vormittag bekam ich die Eule im Medium Rare. Sie war von Donovan, und auf der Nachricht stand nur: *Essen um 7 bei meinen Eltern. Vielleicht lernst du jetzt, vorsichtig zu sein mit dem, was du dir wünschst.*

So romantisch.

Erst als der Frühstücksansturm nachließ und ich einen Moment Zeit hatte, um nachzudenken, fiel mir wieder ein, wie Jasmine Stringfellow mich beim ersten Treffen angesehen hatte.

Das war im Oktober gewesen, kurz vor Halloween, als Tanner, Donovan und ich sie besucht hatten, um mehr über die Nacht zu erfahren, in der Tanners Eltern ermordet worden waren. Zugegeben keine optimalen Umstände für einen Besuch, und trotzdem hatte sie mich die ganze Zeit mit prüfenden Blicken gemustert, als hätte sie schon von mir gehört.

Aber Donovan hatte seinen Eltern sicher nicht erzählt, was zwischen uns gelaufen war, solange ich noch mit Tanner zusammen gewesen war.

Kurz gesagt: Die Dynamik in der Stringfellow-Familie war bestenfalls undurchsichtig, und nur weil Leonardo in *Ezra's Magical Outfitters* nett gewesen war, hieß das noch lange nicht, dass er ein netter Kerl war. Die Göttin allein wusste, dass ich schon genug falschen Schlangen und passiv-aggressiven Komplimente-Künstlern begegnet war.

Während ich die schmutzigen Teller der Gäste stapelte, die gerade bezahlt hatten und gegangen waren, spähte ich hinunter zu Grim, der dalag, bis sein sechster – oder wohl eher siebter – Sinn für Fleischprodukte ihn aufweckte. *„Vielleicht solltest du heute Abend mitkommen"*, sagte ich zu ihm.

„Du hast mich mit all deinen neurotischen Bedenken echt überzeugt."

„Grim! Hast du meine Gedanken belauscht?"

„Nicht absichtlich. Ich hab' so ein Zischen gehört und dachte, es wäre ein heißer Teller mit irgendwas. War aber nur dein surrendes Gedankenkarussell. Glaub mir, ich habe es so schnell wie möglich ausgeblendet. Wer weiß, was ich sonst noch in deinem lüsternen Schädel sehen und hören würde?"

„Es gibt Essen", sagte ich und versuchte, ihm den Besuch schmackhaft zu machen.

„Weißt du, wo es auch Essen gibt? Hier. Monster und ich können einfach bis zum Zapfenstreich hierbleiben und müssen nicht diese Mischung aus Adrenalin und Pheromonen ertragen, die den Geschmack der paar Brocken, die ich abbekomme, garantiert verderben würden. Und soweit ich gehört habe, sind die Stringfellows nicht gerade die Sorte, die einen Höllenhund vom Tisch füttern."

„Böser Hund", schnaubte ich.

„Ja. Genau das bin ich."

Dann war ich also auf mich allein gestellt.

Etwas Großes und Schwarzes, das nicht Grim war, zog meine Aufmerksamkeit auf sich, als es sich auf die Tür zubewegte. „Gehst du schon?", fragte ich.

Ted hielt nur einen Moment inne, bog aber nicht wie sonst zur Theke ab, als ich ihn ansprach. „Leider ja. Muss mich ausruhen und nach dem Schwarm sehen, bevor es heute Nacht losgeht."

(Ted hatte es gerade so geschafft, den Hohen Rat zu bezirzen, seinen katastrophalen Phönix-Schwarm nicht zu verbieten.)

„Warte", sagte ich. „Was hast du heute Nacht vor?"

„Ach, ich habe nichts vor, aber ich werde derjenige sein, der danach aufräumen muss."

Ich war einen Moment sprachlos, und als ich den Mund aufmachte, um nachzuhaken, war er schon weg und das Glöckchen über der Tür verstummt.

Von unter der Theke brummte Grim: *„Er meint, jemand wird heute Nacht ermordet."*

„Ja", sagte ich. „Das habe ich auch begriffen."

❧

„Willkommen, Nora!", sagte Jasmine Stringfellow und riss die Tür weit auf. „Komm rein, komm rein! Kein Grund, in der Kälte zu stehen!" Donovan legte mir die Hand auf den Rücken, und ich trat vor ihm ein. Mrs. Stringfellow nahm mir sofort den Mantel ab, ignorierte ihren Sohn vollkommen, hängte meinen Mantel auf und umarmte mich, als wäre es bei unserem einzigen bisherigen Treffen nicht ausschließlich um Mord gegangen.

„Leonardo und Serena sind schon da, und das Essen ist fast fertig."

Sie führte uns durch das kleine Wohnzimmer – den einzigen Teil des Hauses der Stringfellows, den ich bisher kannte – in die Küche und das angrenzende Esszimmer.

„Hey, Donny", sagte Leonardo fröhlich, und ich spürte, wie Donovan neben mir sich verspannte. „Ich dachte schon, du kneifst."

„Du meinst abhauen? Nein, das ist dein Ding, Leo."

Leonardo lachte und wandte sich Serena zu: „Hab' ich dir nicht gesagt, dass er schnell ist?"

Der Abend würde eindeutig so unterhaltsam werden wie ein Campingausflug im Mordsumpf.

Von Familiendynamiken hatte ich insgesamt keine Ahnung und war es nicht gewohnt, mich darin zu bewegen. Meine Eltern waren immer liebevoll gewesen, wenn auch distanziert und beschäftigt, und meine Tante, die mich aufgenommen hatte, war eine schreckliche Hexe (nicht im wörtlichen Sinne). Ihr Mann hatte mich kaum beachtet, weshalb ich oft wie ein Geist (auch nicht wörtlich) durch ihr Haus geschwebt war.

Aber das alles war klar und eindeutig gewesen. Kein Minenfeld. Jeder war auf seine Weise verlässlich gewesen, und ich hatte immer gewusst, woran ich war.

Hier jedoch war offensichtlich alles viel komplizierter. Ich verstand nicht ganz, warum Donovan Familientreffen so hasste oder warum er seinem Bruder so nachtrug, dass er weggegangen war, aber ich war mir auch nicht sicher, ob ich es wissen wollte. Das Thema schien kein klares Ende zu haben.

„Bitte, setzt euch doch", sagte Jasmine und deutete auf zwei freie Stühle. Der Tisch war aus einem einzigen großen Baumstamm geschnitzt, mit einer polierten Oberfläche und natürlichen, leicht unregelmäßigen Kanten. Die sechs Stühle drumherum hatten ähnlich fließende Linien. Ich fand es schön und begann zu verstehen, wo Donovan seinen Geschmack für Inneneinrichtung herhatte, wusste aber auch, dass ich ihm besser nicht sagen sollte, dass er etwas Positives von seinen Eltern geerbt hatte.

„Dein Lieblingsessen, Leonardo", sagte Hans, der in der Küche arbeitete. „Arbeiten" war vielleicht nicht das richtige Wort. Er ließ es mühelos aussehen, schwenkte den Zauberstab in lässigen Kreisen und verpasste zwei verschiedenen Platten den letzten Schliff. Er schickte eine blaue Keramikplatte durch die Luft zum Tisch, und die kleinen Blumenvasen in der Mitte rutschten zur Seite, um Platz zu machen. Ich roch es, bevor ich richtig sehen konnte, was aufgetischt wurde, und wusste schon, dass mich etwas Besonderes erwartete.

Als die zweite Platte neben der ersten landete, konnte ich meine Begeisterung kaum zügeln.

„Sind das kleine Quiches?"

„Ich weiß nicht, was eine Quiche ist. Vielleicht haben wir hier einen anderen Namen dafür."

Die andere Platte mit den Vorspeisen sah genauso köstlich aus. Gurkenscheiben mit weichem Käse, hauchdünn geschnittenem Lachs, roten Zwiebeln und Kapern. Mir lief das Wasser im Mund zusammen.

Hans sagte zu Serena aus der Küche: „Das hier ist Leonardos Lieblingsessen seit er klein war. Der Junge hatte schon immer einen exquisiten Geschmack. Und wie ich sehe, hat sich das nicht geändert." Er zwinkerte verschmitzt.

Ich beugte mich zu Donovan und flüsterte: „Was war dein Lieblingsgericht als Kind?"

„Pizza", brummte er.

Ich tätschelte seinen Oberschenkel unter dem Tisch. „Gut. Das ist normal."

Als Mr. und Mrs. Stringfellow endlich Platz genommen hatten, war der Tisch ein wahres Festmahl zu Leonardos Ehren. Jasmine brauchte gute fünf Minuten, um alles zu beschreiben und zu erklären, wie jedes Gericht mit Leonardos Leben zusammenhing. Jedes hatte eine Bedeutung, und nach den ersten paar ergriff ich Donovans Hand, weil ich spürte, wie die Verärgerung in Wellen von ihm ausging. Aber ich bereute es sofort, als er so fest zudrückte, dass es sich anfühlte, als wäre er in den Wehen.

„Wow", sagte Serena höflich, als Jasmine fertig war. „Das war so eine schöne Reise durch sein Leben, ich kann mich fast gar nicht überwinden, irgendwas davon zu essen!"

„Dem schließe ich mich an", sagte Donovan.

„Also ich lasse das nicht kalt werden", warf Leonardo ein. „Das sind alles meine Lieblingsgerichte! Ich wäre ein Idiot, wenn ich sie mir entgehen lassen würde."

Er machte den Anfang, bediente sich von den Tellern und lud Fleisch, Gemüse und Brot auf.

Donovan bediente sich widerwillig, und ich balancierte auf dem schmalen Grat zwischen Lob für die Köche und dem Ärgern meines Nicht-Freundes.

Zum Glück bin ich eine fantastische Seiltänzerin.

„Also, Leonardo", begann Hans, „du hast uns noch gar nicht erzählt, was dich und deine bezaubernde Verlobte nach Eastwind führt."

Leonardos Mund war voll, aber nach ein paar weiteren Kaubewegungen sagte er: „Ich wollte, dass Serena sieht, wo ich herkomme. Fand ich nur angemessen."

Jasmine strahlte. „Das ist aber eine süße Idee."

„Und hast du schon gesehen, wo sie herkommt?", fragte Hans.

„Na ja, schon. Sie kommt aus Avalon."

Jasmine fragte: „Werdet ihr nach der Hochzeit in Avalon oder Eastwind wohnen?"

„Avalon", sagte er entschieden. „Dort ist mein Geschäft. Ich habe mir da ein Leben aufgebaut. In Eastwind gibt es einfach nicht so viele Möglichkeiten. Nicht wahr, Donny?"

Uff. Da war es. Wenn er wirklich die Unterstützung seines Bruders suchte, hätte er es kaum stacheliger formulieren können.

Donovan grunzte und kippte seinen Weißwein hinunter.

Serena tupfte sich den Mund mit der Stoffserviette ab. „Ich würde aber sehr gern bald in eine Stadt wie Eastwind ziehen. Alles, was ich bisher hier gesehen habe, ist einfach bezaubernd. So idyllisch. Alles läuft viel langsamer ab, und die Leute sind mit so viel weniger zufrieden."

Ich entschied mich, im Zweifel für den Angeklagten – oder in diesem Fall die Angeklagte – zu entscheiden und ihr zuzugestehen, dass sie nicht bemerkte, wie herablassend das klang, lächelte und nickte. „Ja, es ist schön hier. Ich würde für nichts auf der Welt wegziehen."

„Und was machst du hier?", fragte sie, scheinbar aufrichtig interessiert.

„Ich besitze ein Diner."

Sie blinzelte höflich und fragte dann: „Was ist ein Diner?"

Fänge und Klauen, gab es in Avalon keine Diners? „Ein Restaurant mit ungezwungener Atmosphäre."

„Oh! Bist du dann Donovans Chefin?"

Ich grinste Donovan an. „Nicht offiziell."

Leonardo mischte sich ein: „Nein, Donovan arbeitet in einer Pizzeria. Er serviert Getränke."

„Oh." Sie wirkte enttäuscht.

Donovan hob abwehrend die Hand. „Es ist ein gehobener Italiener, keine Pizzeria."

„Es heißt Franco's Pizza", konterte Leonardo.

„Was ist ein Italiener?", fragte Serena und unterbrach den Streit damit schlagartig.

Anscheinend hatte sich dieser Teil der Kultur meiner Welt in Avalon noch nicht durchgesetzt.

Leonardo beugte sich zu seiner Verlobten und murmelte: „Das ist kompliziert, Liebes, ich erkläre es dir später."

„Und Nora", fügte er hinzu, „da du eine Hexe des Fünften Windes bist, nehme ich an, du machst das auch nebenbei?"

Das Klappern der Gabeln auf den Tellern verstummte schlagartig – außer bei Donovan. Dann sagte Jasmine: „Leonardo. Jetzt fang nicht mit diesen persönlichen Fragen an."

„Schon gut", versicherte ich ihr. „Das ist kein Geheimnis. Ja, ich helfe ab und zu bei Ermittlungen, wenn ich nützlich sein kann."

„Na, ich finde das wunderbar", sagte Leonardo und lächelte mich freundlich an. „Ich jedenfalls finde, niemand sollte sich für das schämen, was er ist – nicht einmal Hexen des Fünften Windes."

Ich spürte Donovans Hand auf meinem Oberschenkel, um mich zu beruhigen. Ich legte meine darüber, in der Hoffnung, ihm zu verstehen zu geben, dass ich mich benehmen würde.

Aber ich würde das nicht einfach so hinnehmen.

„Was meinst du mit ‚nicht einmal Hexen des Fünften Windes'?"

„Hm?" Er hatte sich gerade eine Gabel voll gebratenen Spargels in den Mund geschoben.

„Ich glaube, was er meint", sagte Serena, „ist, dass in Avalon eine Hexe des Fünften Windes zu sein ... na ja, manche Leute trauen ihnen nicht."

Ich lachte leise. „Ja, in Eastwind ist das genauso. Und weißt du, wem ich besonders wenig traue?"

Sie schüttelte sanft den Kopf, die Brauen leicht gehoben in Erwartung meiner Antwort.

„Mördern."

Donovan schnaubte, verschluckte sich und griff hastig nach seinem Glas.

„Ah", sagte sie schwach und senkte verlegen den Blick

wieder auf ihren Teller. „Nur so nebenbei: Ich habe nichts gegen Hexen des Fünften Windes. Ich war früher, äh, ziemlich eng mit einem Hexenmeister befreundet. Wir haben über die Jahre den Kontakt verloren, aber letzte Woche bin ich ihm zufällig wieder über den Weg gelaufen. Verrückt, wie die Welt manchmal funktioniert."

Leonardo sah sie mit unverhohlener Eifersucht an. „Du hast mir gar nicht erzählt, dass du einen alten Freund getroffen hast. Wann war das?"

Bevor ihr unvermeidlicher Liebesstreit vor allen ausgetragen werden konnte, klopfte es hart und schnell an der Haustür, hallte durch die Küche, und jeder einzelne Stringfellow sprang auf und sagte irgendeine Variante von „Ich gehe schon."

„Nein, nein", sagte Hans. „Ich bin am nächsten dran, und es ist mein Haus. Bleibt alle sitzen. Wahrscheinlich nur jemand vom Zirkel, der noch einen Extrabeitrag will."

Während Hans ging, blieb der Rest des Tisches still. Erst als ich Deputy Manchesters Stimme aus dem Wohnzimmer hörte, überkam mich ein ungutes Gefühl, und mir fiel wieder ein, was Ted heute Vormittag gesagt hatte.

„Fänge und Klauen", zischte ich, warf meine zerknüllte Serviette auf den Tisch und eilte hinaus, um Stu zu treffen. Donovan folgte mir, aber soweit ich das mitbekam, blieben die anderen sitzen.

„– Sie sind der nächste Verwandte, richtig?", sagte Stu gerade, als ich eintrat.

Und als sein Blick auf mich fiel, klappte sein Mund einen Sekundenbruchteil lang auf, bevor er mir ein anerkennendes Lächeln zuwarf.

Ja, ja, dachte ich. *Ich hab' deinen Rat befolgt und es einfach gemacht. Jetzt zurück zum nächsten Verwandten.*

„Wer war es?", fragte ich.

„Giovanni Stringfellow."

Ich beugte mich zu Donovan und flüsterte: „Wer ist Giovanni Stringfellow?" Offensichtlich ein Verwandter, aber wie nah, wusste ich nicht.

„Mein Onkel. Der Bruder meines Vaters."

„Kanntest du ihn gut?"

Donovan schüttelte den Kopf. „Er war ein echtes Arschloch."

Stu und Hans hatten weitergeredet und die Grundlagen der unglücklichen Lage besprochen. Dann schloss der Deputy mit: „Es tut mir wirklich leid, Ihr Essen zu stören, aber würde es Ihnen was ausmachen, mitzukommen? Wir brauchen die Erlaubnis der Familie, um das Haus zu durchsuchen, und Sie können ihn vor Ort offiziell identifizieren."

„Natürlich", sagte Hans und griff schon nach seinem Mantel.

Dann wandte Stu sich mir zu. „Und du solltest besser auch mitkommen. Nur für den Fall."

Kapitel Sieben

„Er kann ja kaum aufgestanden und rausmarschiert sein“, bellte Stu. „Hast du jemanden reinkommen hören?“

„Nein!“ Der Sensenmann schüttelte den Kopf, seine Kapuze flatterte im kalten Wind. „Wer immer ihn mitgenommen hat, muss direkt reingekommen sein, nachdem ihr vier rausgegangen seid.“

„Das ist unmöglich!“, sagte Stu, drängte sich an Ted vorbei und stürmte ins Haus.

Sie können Gift drauf nehmen, dass ich ihm sofort gefolgt bin – angetrieben von purer morbider Neugier.

Wir kamen in den Flur, und tatsächlich war da kein Toter. „Wer schafft es, eine Leiche in so kurzer Zeit bis zur Hintertür zu schleppen?“, tobte Stu. „Zauberstab, Stringfellow.“ Donovan, nur einen Schritt hinter mir, zündete seinen Stab und reichte ihn dem Deputy.

Stu stapfte durch das ganze Haus, folgte den schmalen Pfaden und spähte hinter ein paar besonders große Müllberge, als könnte die Leiche von allein dorthin gekrochen sein.

Für alle außer Stu war klar, dass die Leiche weg war.

Während Donovan, Hans und ich das Haus verließen – der Nase zuliebe –, setzten Ted und Stu ihre fruchtlose Suche fort, wobei der Deputy den Sensenmann die ganze Zeit laut beschimpfte. („Eine Aufgabe! Du hast *eine* einzige Aufgabe!")

Schließlich kamen auch sie heraus. Ted wirkte zerknirscht, Stu total durch den Wind. „Zwanzig Zinken nochmal!", knurrte er und zupfte gedankenverloren an einem Ende seines Schnauzbarts. „Geht ihr besser zurück zu eurem Essen. Ich muss die Chefin holen, und das wird hässlich. Eine Leiche zu verlieren ... ich hab' schon ein paar dicke Patzer hingelegt, aber das hier ..." Er klang aufrichtig besorgt, und ich war versucht, ihm zu sagen, dass sein Job sicher war – immerhin würde eine Kündigung die Gesamtzahl der Ordnungshüter in Eastwind auf genau einen reduzieren: Sheriff Bloom selbst. Aber das wusste er selbst, also ließ ich ihn seiner Sorge nachhängen. Manchmal fühlt sich Grübeln produktiv an, wenn man sowieso nichts ändern kann. Er würde sicher gleich wieder in Aktion treten.

Hans wandte sich seinem Sohn zu. „Ich gehe besser zurück und kläre deine Mutter auf. Die malt sich sonst die schlimmsten Szenarien aus."

„Wir kommen gleich nach", sagte Donovan.

Aber bevor wir losgehen konnten, tippte Stu mir auf die Schulter, und ich drehte mich zu ihm um. „Du hast nicht zufällig ... äh ..." Zwischen seinen Brauen erschien eine tiefe Falte. „Versteh mich nicht falsch, ich wäre nicht böse, wenn du Ja sagst. Ich bin sicher, du hast deine Gründe für das, was du tust, und deine Absichten sind gut ..."

„Komm auf den Punkt, Stu."

„Ich muss nur alle Möglichkeiten abdecken, bevor ich den Sheriff hole, verstehst du?"

„Komm auf den Punkt", wiederholte ich.

„Hast du ... Giovanni Stringfellow von den Toten auferweckt und ihn vom Tatort wegspazieren lassen?"

Ich lachte. Ich konnte nicht anders. Vielleicht hätte ich mich beleidigt fühlen sollen, aber die Frage wurzelte in purer Verzweiflung, und er meinte es nicht persönlich. „Nein. Ich habe niemanden von den Toten auferweckt."

Ich spürte Donovans schwere Präsenz hinter mir, aber er sagte nichts.

„Richtig." Stu räusperte sich. „Natürlich nicht. Vergiss, dass ich gefragt habe."

„Schon vergessen. Brauchst du noch was von uns, Deputy?"

„Falls du von ihm hörst, sagst du mir Bescheid?"

„Natürlich." Ich hoffte wirklich, dass das nicht passierte. Zwar konnte ein Gespräch mit Giovannis Geist genau das sein, was wir brauchten, um das Rätsel zu lösen, aber nichts, was ich über den Hexenmeister gehört hatte, machte mich sonderlich scharf darauf, ihn plötzlich und unerwartet vor meiner Nase auftauchen zu sehen.

Stu nickte und schlurfte zurück ins Haus.

Als ich mich Donovan zuwandte, sah er mich seltsam an. „Was?"

„Wir haben nie über diese Sache hinter dem Sheehan's geredet."

Ich glaubte zu wissen, welche Sache er meinte und worauf genau er anspielte, wollte es aber aus seinem Mund hören. „Welche Sache?"

„Du und ich waren ... na ja, wir waren hinter dem Pub, und dieser Geist –"

„Roland."

Donovan hob die Hand. „Ich muss seinen Namen nicht

wissen. Aber er ist einfach aus dem Nichts aufgetaucht. Nur ein Teil von ihm. Aber echt. Kein Geist. Körperlich. Mit Fleisch und Blut und allem. Hast du …" Seine Stimme verebbte.

„Ihn von den Toten auferweckt?"

Seine eisblauen Augen bohrten sich in meine, und er nickte kaum merklich.

Das war kein Thema, über das ich gern nachdachte, aber nach einem Gespräch mit Ruby wusste ich wenigstens die Antwort. „Ja. Aber ich wollte das nicht."

„Und er war …?"

„Jemand aus einem früheren Leben."

Donovan kniff die Augen zusammen, ein Gedanke schien hinter ihnen aufzublitzen, bevor er ihn verwarf. „Ich nehme dich beim Wort."

„Entschuldigung." Eine Stimme, so schüchtern, dass ich fast glaubte, ich hätte sie mir eingebildet, kam von hinten, und ich drehte mich um und sah eine in einen dicken Bademantel gehüllte Hexe in Hausschuhen heranschlurfen.

„Guten Abend, Mrs. Hortenbaucher", sagte Donovan.

Super, wenigstens einer von uns wusste, wer zum Höllenhund sie war.

„Ich wohne da drüben" – sie zeigte auf ein Haus gegenüber von Giovannis – „und ich frage mich, ob ihr vielleicht wisst, was passiert ist."

„Äh …" Donovan sah mich an, und ich bedeutete ihm, dass er es ruhig sagen konnte. Sie würde es sowieso früher oder später erfahren. Besser von uns als aus der *Eastwind Watch*. „Mein Onkel wurde tot aufgefunden."

Sie nickte, als hätte sie das schon gewusst. „Schreckliche Sache. Mein Beileid. Ich, äh, vielleicht wollt ihr das gar nicht hören."

Er legte den Kopf schief. „Was meinen Sie?"

„Vielleicht sollte ich es besser nur Ihnen sagen", sagte sie und sah mich an. „Sie sind die Hexe des Fünften Windes, richtig?“

„Ja.“

Sie winkte mich mit einem gekrümmten Finger ein Stück weg von Donovan, dann sagte sie: „Ich habe heute Morgen einen Mann da drüben gesehen.“

„Ja? Wie sah er aus?“

„Ehrlich gesagt, er sah aus wie Donovan.“

Ich hielt inne und versuchte, das zu begreifen. „Donovan war heute Morgen da drüben?“

„Nein, nein. Das war definitiv nicht er. Aber er *sah aus* wie er.“

Leonardo. Wer sonst sollte das gewesen sein? „Und was ist passiert?“

„Er ist zur Haustür gegangen und hat angeklopft, und dann hat Giovanni ihn reingelassen. Das ist alles, was ich gesehen habe.“

„Haben Sie gesehen, wie er wieder gegangen ist?“

„Oh ja, nur ein paar Minuten später. Er ist rausgestürmt.“

„War Giovanni bei ihm, oder ist der Besucher allein rausgekommen?“

Sie überlegte. „Ich erinnere mich nicht, Giovanni gesehen zu haben, aber ich habe auch nicht auf ihn geachtet. Sein Haus ist immer so dunkel, vielleicht hat er einfach im Schatten gestanden.“

„Warum erzählen Sie das mir und nicht Deputy Manchester?“

„Weil“, sagte sie, „Sie eine Hexe sind.“ Sie hob das Kinn und zupfte gedankenverloren am Gürtel ihres Bademantels. „Kein Grund, Außenstehende in unsere Angelegenheiten reinzuziehen.“

Ugh, nicht das schon wieder! Ich vergaß immer wieder, wie elitär manche Hexen sein konnten. Eigentlich war es sogar erstaunlich, dass sie mich überhaupt zu den „Hexen" zählte – Fünfte Winde wurden oft ausgeschlossen, weil wir keine Zauberstäbe benutzen konnten und alle nervös machten, weil wir Geistermagneten waren.

„Denken Sie, ich sollte es ihm sagen?", fragte sie. „Ich habe Ihre Namen zusammen in der Watch gesehen, also arbeiten Sie eng zusammen. Kann man ihm trauen?"

„Natürlich kann man ihm trauen. Aber ..." Ich blickte zu Donovan, der uns mit einer gewissen Belustigung und vielleicht ein bisschen genervt beobachtete, weil wir ihn außen vor ließen. Mrs. Hortenbauchers Information würde Leonardo ganz oben auf die (noch sehr kurze) Verdächtigenliste katapultieren. Würde Donovan damit klarkommen?

Wem versuchte ich hier was vorzumachen? Das wäre die Nachricht des Tages für ihn, seinen perfekten Bruder als Hauptverdächtigen in einem Mordfall zu sehen. Genau deshalb durfte er das auf keinen Fall erfahren. Ich würde ihn vor sich selbst schützen. Stu würde diskret sein. „Ja, Sie sollten es ihm sagen. Es ist immer besser, wenn er alles weiß. Und Sheriff Bloom ist unterwegs. Ihr sollten Sie es auch sagen."

„Ooh!", sagte die Hexe. „Die mag ich. Ich hab' gehört, sie hat an Halloween im Emporium eine ganze Horde von den Bestien abgeschlachtet. Schade, dass sie keine Hexe ist. Der Zirkel könnte jemanden wie sie gebrauchen."

Ich war mir ziemlich sicher, dass Bloom als Engel vollkommen zufrieden war. Aber mir den Gesichtsausdruck von Hohepriesterin Springsong vorzustellen, wenn Bloom einfach so in eine Zirkelversammlung spazieren würde, war ziemlich köstlich.

Ich bedankte mich bei Mrs. Hortenbaucher und ging zurück zu Donovan.

„Was wollte sie?", fragte er.

„Nichts. Ich glaube, sie hat nicht alle Tassen im Schrank."

„Dann lass uns verschwinden. Mir ist kalt.“

Dagegen hatte ich nichts einzuwenden. Aber als ich losgehen wollte, sagte ich: „Hey, wir gehen in die falsche Richtung“, und zeigte vage in Richtung des Hauses seiner Eltern.

Er schüttelte den Kopf. „Nicht, wenn wir ins Sheehan's wollen.“

Kapitel Acht

Die ersten fünf Stunden des nächsten Tages verbrachte ich unter der ätzenden Wolke eines gemeinen Katers. Das Sheehan's war immer eine nette Ablenkung gewesen, aber Donovan hatte es gestern Abend als Schnellstraße genutzt, um die letzten Stunden mit seiner Familie aus seinem Gedächtnis zu löschen. Er hatte auch darauf bestanden, dass ich einen Drink nach dem anderen mit ihm mittrank – nicht auf gruselige oder aufdringliche Art, sondern aus Solidarität. Sobald wir richtig breit waren, hatte er jedem, der zuhören wollte, erzählt, dass sein vermaledeiter Bruder wieder in der Stadt war.

Und am Ende des Abends wusste jeder in Sheehan's Pub, dass Giovanni Stringfellow tot aufgefunden worden war. Zum Glück hatte Donovan selbst im Suff noch genug Verstand besessen, nicht zu erwähnen, dass die Leiche verschwunden war. Wenn schon Stu Manchester, der mich gut kannte, Nekromantie in Betracht gezogen hatte, würde nichts die tratschenden Stammgäste im Sheehan's davon abhalten, dasselbe zu denken. Und sobald der Gedanke einmal Wurzeln geschlagen hatte, würde ihn auch kein noch so stichhaltiger Gegenbeweis mehr vertreiben.

Stu war noch nicht im Medium Rare aufgetaucht, und ich fragte mich, ob er es überhaupt noch vor Schichtende schaffen würde. Bloom musste ihm gestern Abend ordentlich den Marsch geblasen haben. Der Arme. Wir hatten die Leiche höchstens eine Minute aus den Augen gelassen. Wie sie verschwinden konnte, war mir schleierhaft.

Ted kam normalerweise zwischen sieben und acht aus seiner Behausung in den Deadwoods hereinspaziert. Manchmal, wenn die Höllenhunde die ganze Nacht geheult hatten, kam er früher, um dem Lärm zu entkommen. Heute jedoch schlurfte er erst kurz vor zehn herein.

Die kleine Gruppe Zirkelhexen hatte in seiner Abwesenheit die hintere Sitznische besetzt, und er sah ziemlich verloren aus. „Ted, ich hab' einen Platz für dich an der Theke." Ich deutete auf Stus Lieblingshocker. Er ließ sich darauf nieder.

Ohne ein Wort stellte ich ihm eine heiße Tasse Kaffee hin. „Lange Nacht?"

„Ich habe Sheriff Bloom immer gemocht", sagte er, „aber gestern habe ich gelernt, sie auch zu fürchten. Ich glaube, wenn sie wollte, könnte sie mich töten – und sie sah aus, als wäre sie versucht gewesen."

„Tut mir leid. Aber ich bezweifle, dass sie dir je wehtun würde, Ted. Sie mag dich."

„Mochte. Vergangenheitsform."

Ich hatte ihn noch nie so niedergeschlagen erlebt, so … grimmig – Wortspiel nicht beabsichtigt, aber erlaubt.

„Ich habe eine Aufgabe", fuhr er fort. „Leichen wegzuräumen und ihnen den Weg ins Jenseits zeigen. Klar, manchmal wollen sie lieber hierbleiben und bei dir und Ruby vorbeischauen, aber das gehört nicht zu meinem Job. Ich habe nicht einmal mit Giovannis Geist geredet." Er hielt inne. „Jetzt, wo ich darüber nachdenke ... ich habe ihn im Haus gar nicht gespürt. Er war schon weg." Er richtete sich auf, und es knackte mehrmals trocken in seiner Wirbelsäule. „Hat er dich besucht?"

„Nein. Ich dachte, er würde vielleicht auftauchen, aber ich habe gestern Nacht nichts gespürt. Vielleicht ist er eines natürlichen Todes gestorben oder wusste, wer der Mörder war, und hat beschlossen, ohne Rache weiterzuziehen."

„Vielleicht", sagte er, „aber ich bin mir nicht sicher, wie er ohne meine Hilfe weiterziehen sollte. Der Weg ins Jenseits ist nicht gerade intuitiv."

Ich gab seine Bestellung weiter, und als ich später mit dem Teller zurückkam, sagte ich: „Ich glaube, hier stimmt was ganz und gar nicht, Ted. Meine Einsicht schlägt mir seit zwei Tagen immer wieder vor die Stirn, aber ich weiß immer noch nicht, worum es geht. Was ich sagen will, ist: Sei nicht so streng mit dir."

Er packte seine Gabel und spießte damit sein Rührei auf, als hätte es seine Mutter umgebracht. „Danke."

Es war aber wirklich seltsam. Auch, wenn ich Teds Job als Sensenmann nicht bis ins Detail verstand, bereitete mir die Tatsache, dass er hier auch auf unbekanntem Terrain war, Gänsehaut. An diesem Tod war irgendwas faul, und dass es genau dann passiert war, als Leonardo und Serena in die Stadt gekommen waren, konnte kein Zufall sein. Oder?

Stu hatte sicher schon mit ihnen geredet, nachdem Mrs. Hortenbaucher ihm die Information über seinen Besuch beim Toten gegeben hatte, aber was sie einem Deputy erzählten und was sie mir erzählen würden, konnten zwei vollkommen verschiedene Dinge sein.

Ich probierte es mit einer Technik, die Ruby mir kurz vor dem neuen Jahr beigebracht hatte: Ich schloss die Augen, versuchte, den Lärm im Diner auszublenden, und fragte: *Sollte ich mit Leonardo und Serena reden?*

Meine Einsicht schlug mir praktisch ins Gesicht und brüllte: *Ja, Dumpfbacke!*

Damit war es beschlossene Sache. Ich hatte nach der Arbeit Pläne.

Aber zuerst sollte ich was trinken.

Kapitel Neun

Ich hatte mich für ein kurzes Nickerchen und eine magische Dusche zwischen dem Ende meiner langen Schicht und meinem Besuch beim glücklich verlobten Paar entschieden. Dann hatte ich eine Eule vorausgeschickt, um sicherzugehen, dass sie da sein würden. Sie hatten gesagt, sie seien da – also war alles geklärt.

Ruby war tief in einen dicken Wälzer versunken, und ich überlegte, ob ich sie einweihen und ihren Rat einholen sollte, was als Nächstes zu tun war. Ehrlich gesagt weiß ich nicht, ob ich es gelassen habe, weil ich wusste, dass sie meinem Plan zustimmen würde und es keinen Sinn hatte, sie zu stören – oder weil ich wusste, dass sie nicht einverstanden wäre, ich es trotzdem machen würde und dann später ein „Hab' ich dir doch gleich gesagt" auf der anderen Seite auf mich warten würde.

Nach einigem ernsten Feilschen hatte Grim zugestimmt, mich zu begleiten. Und nach noch mehr Diskussion hatte ich ihn überzeugt, dass Monster besser zu Hause bleiben sollte. Sie schien nicht beleidigt zu sein und kuschelte sich sofort wieder in Cliffords dickes, warmes Fell. Grims gekränkter Blick war mir nicht entgangen. Er fühlte sich verraten.

„Keine Sorge", sagte ich, *„du bist bestimmt immer noch ihre erste Wahl."*

„Ich habe keine Ahnung, wovon du redest."

Als wir losgingen, stapfte er scheinbar selbstbewusst voraus, ohne sich auch nur einmal umzudrehen – aber ich wusste, dass er nur schauspielerte. Aber wen interessierte das schon? Die Show brachte ihn wenigstens aus dem Haus, und das, wo ich schon fast damit gerechnet hatte, dass er sein Wort zurücknehmen würde.

Als das *Ram's Head Inn* in Sicht kam, stand die Sonne schon tief, und es sah aus, als könnte es wieder anfangen zu schneien.

Das Gasthaus war ein gedrungenes Gebäude aus Stein, genau an der Grenze zu den Outskirts. Wo die meisten Leute ein bisschen nervös wurden, wenn sie so nah an das berüchtigte Viertel kamen, fühlte ich mich einfach wie auf dem Heimweg. Na ja, wenn mein Zuhause nur einen Steinwurf von einem gefährlichen Wald entfernt und ein paar Blocks von einem Anwesen schlecht gelaunter Werwölfe läge.

Heute jedoch fühlte ich mich ein bisschen unwohl, aber nicht wegen des Viertels. Die Erinnerung an das große dunkle Etwas, das mich gestern aus den Schatten des Inns beobachtet hatte, wollte einfach nicht weichen – egal, wie oft ich mir sagte, dass ich es mir nur eingebildet hatte.

Aber einfach, um ganz sicherzugehen ... näherte ich mich dem Gebäude vorsichtig. *„Riechst du was?"*

Grim tappte neben mich. *„Ich bin ein Hund. Ich rieche immer was."*

„Nein, ich meine was anderes."

„Zum Beispiel?"

Ich wusste, dass es verrückt klang, aber ich sagte es trotzdem. *„Einen Höllenhund."*

„Okay, jetzt ziehst du mich nur auf. Natürlich rieche ich einen Höllenhund", brummte er. *„Du könntest auch einfach sagen, dass ich stinke, anstatt um den heißen Brei herumzureden. Ich nehme das als Kompliment. Das weißt du."*

„Nein, nicht dich. Einen anderen Höllenhund."

Er spitzte die Ohren. *„Es gibt einen anderen Höllenhund in Eastwind?"* Ich wusste, dass ihm die Vorstellung nicht gefallen würde. Nach zwei kürzlichen Beinahe-Katastrophen mit Höllenhunden war das Einzige, was uns nachts schlafen ließ, die Gewissheit, dass so gut wie nichts sie aus den Deadwoods herauslocken konnte.

„Das frage ich dich. Ist hier noch ein Höllenhund in der Nähe?"

Er schnüffelte in die Luft. *„Nicht, dass ich es riechen könnte. Was verschweigst du mir?"*

„Ich dachte, ich hätte gestern was in den Schatten gesehen, aber es könnte auch nichts gewesen sein."

„Red' dir das ruhig weiter ein, Frau. Aber in dieser Stadt ist es nie nichts."

Ich hasste es, wie viel Wahrheit darin steckte. *„Bleib einfach wachsam, okay?"*

Es gab nur zwei Unterkünfte für Besucher aus anderen Städten in Eastwind, wenn sie nicht bei Freunden oder Verwandten unterkamen. Eine war das *Ram's Head*, die andere *Cair Crestfall* im teuren Einkaufsviertel. Letzteres war, wie ich gehört hatte, sauteuer und wurde meist von Geschäftsleuten oder Würdenträgern aus anderen Reichen genutzt. Es war auch der bevorzugte Ort für Avalonier, die den „idyllischen Charme" von Eastwind erleben wollten, ohne auf die Annehmlichkeiten zu verzichten, die sie gewohnt waren – Spa-Behandlungen, Zimmerservice und so weiter.

Warum also waren Leonardo und Serena im *Ram's Head*

abgestiegen? Vielleicht konnten sie sich *Cair Crestfall* nicht leisten.

Oder vielleicht wollten sie unauffällig bleiben, solange sie in der Stadt waren.

Na ja, Donovan hatte gestern Abend im Pub alle Hoffnung darauf zerstört.

Donovan. Ich hatte überlegt, ihn mitzunehmen — er hatte ja frei —, aber etwas hatte mich davon abgehalten. Was war das nochmal gewesen?

Ach ja. Gesunder Menschenverstand.

Es war unmöglich, das Gespräch zu führen, das ich mit Leonardo führen musste, wenn die Stringfellow'sche Familiendynamik im Raum gewesen wäre.

Donovan würde nicht begeistert sein, wenn er davon erfuhr. Aber wir hatten eine lange Geschichte, einander unglücklich zu machen, und am Ende hatten wir uns immer wieder zusammengerauft. Er würde darüber hinwegkommen, genau wie über all die anderen Dinge.

Ein Holzschild schwang über der Tür im Wind und quietschte bei jeder Bewegung der Scharniere. Es war nicht gerade einladend, und ich dachte daran, wie anders alles hätte laufen können, wenn Tanner mich in meiner ersten Nacht hierher anstatt zu Rubys Haus gebracht hätte. Hatte er auf irgendeiner tiefen Ebene gewusst, dass ich eine Hexe des Fünften Windes war und Rubys Haus der beste Ort für mich?

Ich würde es nie erfahren.

Hinter einem alten Holztresen stand ein Mann mit zwei Hörnern, die aus einem Nest enger schwarzer Locken ragten. Obwohl der große Tresen alles unterhalb seines Brustkorbs verbarg, war ich mir sicher, dass sich dahinter pelzige Beine und Hufe verbargen. In Eastwind gab es eine Menge Faune wie ihn, und soweit ich beobachtet hatte, bewegten sie sich besser zwischen den Welten von Hexen, Werwesen, Elfen und

Kobolden als jedes andere Wesen. Kein Wunder, dass einer das Gasthaus führte, in dem so viele verschiedene Leute ein und aus gingen.

„Hallo", sagte ich.

Er lächelte freundlich, aber etwas aufgesetzt. „Sind Sie zufällig Nora Ashcroft?"

Oh. Es war immer unangenehm, wenn Leute wussten, wer ich war, und ich keine Ahnung hatte, wer sie waren. Gehörte jedoch zum Fünften-Wind-Dasein dazu. Die Leute fanden mich „interessant", und deshalb eilte mir mein Ruf oft voraus. „Ja", sagte ich, „ich bin Nora."

„Großartig. Mr. Stringfellow und Miss Bronwyn haben gesagt, wir sollen jemanden erwarten, der genau Ihrer Beschreibung entspricht."

Ah! Er kannte meinen Namen nur, weil Leonardo Bescheid gesagt hatte. Dann war ich doch nicht so berühmt in der Stadt, wie ich dachte. Gut zu wissen.

Sein Blick fiel auf Grim. „Von einem Hund haben sie allerdings nichts gesagt."

„Sie wussten nichts von ihm. Er ist mein Vertrauter."

Und jetzt sah der Faun mich mit deutlich mehr Interesse an. „Sie sind in Zimmer vier. Einfach die Treppe hoch und links."

Flackerndes Fackellicht tanzte an den steinernen Wänden der engen Wendeltreppe zum ersten Stock. Ein kurzer, niedriger Flur öffnete sich vor mir, und ich konnte mich nicht entscheiden, ob ich das Haus gemütlich oder gruselig fand. Die Grenze dazwischen kann sehr dünn sein. Rubys Haus war ein gutes Beispiel – mit den gemütlichen Sesseln am Kamin ... und Hunderten von Totems aus Holz und Knochen, die von der Decke baumelten.

Ich hielt vor dem Klopfen an Tür Nummer vier inne und dachte zum ersten Mal daran, dass ich vielleicht gerade das

Zimmer eines Mörders betrat. Seltsam, dass mir das nicht früher eingefallen war. Ja, er war verdächtig, aber er war auch Donovans Bruder und jemand, mit dem ich erst gestern Abend gegessen hatte. Nichts an Leonardo schrie „Mörder", aber andererseits konnte jeder unter den richtigen Umständen zum Mörder werden.

War das zynisch von mir? Vielleicht. Aber Sie wissen auch, dass mehr als nur ein Körnchen Wahrheit darin steckt.

Instinktiv tastete ich nach meinem Zauberstab in der Tasche. Er war da, würde mir magisch gesehen aber wenig nützen, falls ich in eine Falle tappte.

Aber es war immer gut, etwas zu haben, mit dem man jemanden an einer empfindlichen Stelle pieken konnte, wenn es drauf ankam. Und ich hatte ja auch Grim dabei, und seine Anwesenheit war kein kleiner Trost – auch wenn ich ihm das nie sagen würde.

Ich klopfte an.

Serena öffnete die Tür.

Ihre langen, seidigen Haare fielen ihr über die Schulter. Das Alter von Elfen war unmöglich zu schätzen. Sie alterten so langsam, über Hunderte von Jahren, dass sie wie Mitte zwanzig aussehen konnte – oder für ihresgleichen vielleicht wie Mitte neunzig.

„Nora, komm rein", sagte sie süß und trat zur Seite. „Oh, und du hast deinen Vertrauten mitgebracht." Das klang nicht ganz so begeistert, aber sie bemühte sich.

„Ja. Ist das okay?"

„Äh, na ja ..." Sie rief über die Schulter: „Leo, Nora hat ihren Vertrauten mitgebracht! Wird Pookie damit klarkommen?"

Pookie?

„Und plötzlich fühle ich mich weniger gedemütigt wegen meines blöden Namens", brummte Grim.

„Du weißt, dass sie keine anderen Katzen mag", antwortete Leonardo.

Serena warf Grim noch einen Blick zu. „Aber mag sie Hunde?"

„*Höllenhunde*", korrigierte Grim. „*Genauer gesagt Grims.*"

„Hunde?", kam Leonardos Antwort.

Er kam um die Ecke und blinzelte ein paarmal, sobald sein Blick auf Grim fiel. Aber die Frage war an mich gerichtet. „Das ist dein Vertrauter?"

Serena trat näher an ihn heran, blickte dringend zu ihm auf und sagte leise: „Jetzt ganz ruhig, Liebling. Bei Hexen des Fünften Windes ist das anders. Sie haben Hunde, keine Katzen."

Er fuhr zu ihr herum, als hätte sie gerade Enochisch gesprochen. „Woher weißt du das?"

War das Eifersucht, die ich da spürte?

„Du weißt, dass ich früher mal ... einen Fünften Wind gekannt habe." Dann fügte sie schnell hinzu: „Vor unserer Zeit."

Ich beobachtete das seltsame Zusammenspiel weniger beleidigt als fasziniert. Es war gut, ein bisschen von Leonardos Vorurteilen durchschimmern zu sehen. Ich wusste lieber, woran ich bei jemandem war, als dass er sich verstellte.

Serena, offenbar überzeugt, ihren Zukünftigen ausreichend beruhigt zu haben, trat zurück, hielt aber immer noch die Tür auf. Nur, um ins Zimmer zu kommen, hätte ich Leonardo umrennen müssen. Oder vielleicht könnte Grim ... verlockend.

„Kommt er mit Katzen klar?", fragte er.

Ich verkniff mir, „Natürlich. Seine beste Freundin ist eine Katze" zu sagen, und ging stattdessen mit der vollen Wahrheit heran: „Wenn sie freundlich zu ihm sind."

Pookie erschien genau in dem Moment bei Leonardos Füßen und machte einen Buckel. Er hob sie hoch und streichelte sie, und ich hatte das Gefühl, dass er ihr gleichzeitig sagte, sie solle sich beruhigen.

„Okay", sagte er schließlich, „er kann reinkommen. Aber er soll Pookie nicht anstarren. Das mag sie nicht."

„Wenn sie nicht will, dass ich sie angucke, gibt's da ein Bett, unter dem sie sich verstecken kann."

„Einverstanden, aber sei nett."

Pookie fauchte.

„Zu spät. Hab's ihr schon ins Gesicht gesagt."

„Fänge und Klauen", murmelte ich. *„Okay, vergiss es. Warte einfach hier draußen und, äh, bewach den Flur, schätze ich."*

„Du meinst, in Ruhe und Frieden auf dem kühlen Steinboden liegen und schlafen? Ich dachte schon, du fragst nie."

Wow, wie hilfreich er doch war. Aber das war okay. Ich war schon öfter allein in Gefahr geraten. Ich konnte es wieder tun.

Und nein, ich war mir durchaus der Tatsache bewusst, dass mich das wahrscheinlich eines Tages umbringen würde.

Kapitel Zehn

Das Zimmer war viel heller als der Flur. Winzige Lichtpunkte schwebten und wippten sanft wie kleine Lichterketten – Leonardos Werk, schätzte ich – und das weiche Licht ließ den Raum wie ein Studio für Glamour-Shootings wirken. Einen Moment lang wünschte ich mir eitel einen Spiegel, um zu sehen, wie sehr die Beleuchtung meinem Gesicht schmeichelte. Dumm, ich weiß, aber wer hofft nicht insgeheim, dass es irgendwo die perfekten Bedingungen gibt, unter denen man plötzlich wie ein Filmstar aussieht?

„Tee?", fragte Leonardo, der sich an einen Tisch in der Ecke setzte.

Ich sah weder Kessel noch Tassen vor ihm, also sagte ich: „Ich brauche nichts. Kein Grund, dich extra für mich zu bemühen."

Er blickte mich mit etwas an, das fast wie Mitleid aussah, und sagte: „Ist wirklich kein Problem. Ich … habe Magie."

„Oh. Richtig." Mir fiel wieder ein, wie mühelos Donovan im Franco's Drinks mixte und wie die Teller gestern Abend bei den

Stringfellows durch die Luft geflogen waren. „Dann ja, Tee wäre nett."

„Oder lieber Kaffee?", fragte Serena. „Leo hat mir mehr über Diners erzählt, und da serviert ihr Kaffee, richtig?"

Das war süß von ihr, und wenn ich nicht aufpasste, fing ich vielleicht noch an, sie zu mögen. „Äh, eigentlich ja, ich bevorzuge Kaffee."

Die Bestätigung zauberte ihr ein strahlendes Lächeln ins Gesicht, als hätte ich ihr den Tag versüßt.

Ich verkniff es mir, zu erwähnen, dass ich bei der Arbeit schon fünf Tassen getrunken hatte und eine sechste mich eher in ein koffeinbedingtes Nickerchen schicken als aufputschen würde.

„Ah, na ja, ich bin leider nicht so gut im Kaffeemachen", sagte Leonardo.

„Kein Problem. Ich bin nicht wählerisch." Jedenfalls nicht mehr. Ich wünschte, die versnobte Nora in ihrer Zeit in Austin hätte das hören können. Sie würde es als Blasphemie bezeichnen.

„Ich habe vor einer Stunde frische Croissants aus der Bäckerei geholt", sagte Serena. „Möchtest du eins?"

„Definitiv."

Und genau da schaltete sich mein gesunder Menschenverstand ein. Ich würde mich nicht als gemein oder geizig bezeichnen, aber es kam mir immer verdächtig vor, wenn jemand so großzügig war und so eifrig darum bemüht, zu gefallen. Es fühlte sich ein bisschen wie Manipulation an. Und in meinem Job konnte das ein klares Zeichen dafür sein, dass ich gleich vergiftet werden würde.

Aber – *Sirenengesang!* – ein Croissant und Kaffee klangen verdammt gut!

Während Serena die Snacks auf einem Teller anrichtete und der vom Gasthaus bereitgestellte Kaffee auf dem Tisch brodelte, war es endlich Zeit, zur Sache zu kommen. Ich setzte mich an den kleinen Tisch Leonardo gegenüber und hatte ein paar harte Fragen zu seinem Timing und dem Tod seines Onkels, und es …

„Bist du in meinen Bruder verliebt?"

„Wie bitte?"

Er blinzelte nicht einmal. „Bist du in Donny verliebt?"

„Nein", sagte ich wahrheitsgemäß.

„Und wie lange seid ihr schon zusammen?"

„Es ist kompliziert", sagte ich, wieder wahrheitsgemäß. „Und ich bin nicht hier, um mich abklopfen zu lassen. Ich bin hier, weil du einen Tag vor dem Tod deines Onkels in der Stadt aufgetaucht bist und eine Nachbarin dich am Tag des Mordes bei ihm gesehen hat. Ich finde, das ist ein bisschen wichtiger als meine Beziehung zu Donovan."

Er zuckte mit den Schultern. „Vielleicht für andere. Und ich habe schon mit Deputy Manchester darüber geredet. Tauscht ihr eure Notizen nicht aus, oder vertraust du einfach nicht darauf, dass er die richtigen Informationen aus Zeugen herausholt?"

„Weder noch." Und das war gelogen. Stu weihte mich fast nie in neue Entwicklungen ein, und egal, wie sehr der Deputy sich bemühte – manche Leute sagten einem Uniformierten einfach nicht das, was sie mir erzählen würden. „Ich bin aus einem anderen Grund hier als er. Ich will beweisen, dass du es nicht warst."

Serena stellte den Teller mit den Croissants auf den Tisch, und als ich einen glasierten Donut entdeckte, hätte ich fast den Faden verloren. Ich wurde langsam wie Grim.

„Ich bin so froh, dass du das sagst", sagte Serena. „Leonardo ist der Einzige, den ich hier kenne, und plötzlich sieht es so aus, als könnte er eingesperrt werden. Ich … ich ertrage den Gedanken einfach nicht, und ich habe das Gefühl, niemand steht auf unserer Seite." Ich musste ihr zugutehalten, dass sie es schaffte, nicht zu weinen, auch wenn ich spürte, dass ihr sehr danach zumute war.

„Ich will nicht, dass Leonardo im Ironhelm Penitentiary landet", sagte ich und fügte innerlich hinzu: *Es sei denn, er hat seinen Onkel ermordet – dann klack, klack!* „Aber ich muss die wahre Geschichte wissen." Ich wandte mich ihm zu. „Warum warst du gestern bei Giovanni?"

Er nutzte das Eingießen von drei Tassen Kaffee offensichtlich als Möglichkeit, um seine Gedanken zu sammeln, bevor er antwortete: „Es ist Jahre her, seit ich Eastwind verlassen habe. Ich war seitdem nicht mehr hier. Ich habe Giovanni immer gemocht und wusste, dass er nach dem Tod meiner Großeltern von der Familie ausgestoßen worden war. Ich wollte einfach Hallo sagen und nach ihm sehen, wenn es schon sonst niemand tut."

Natürlich alles Einhornäpfel. Aber ich ließ es ihm vorerst durchgehen.

„Und warum wohnt ihr im *Ram's Head* und nicht im *Cair Crestfall* oder bei deinen Eltern?"

Meine Einsicht hatte schon eine ziemlich gute Ahnung, warum, aber ich wollte hören, was er sich einfallen ließ. „Das *Cair Crestfall* ist so versnobt. Ich wollte Serena zeigen, wie Eastwind wirklich ist."

Ich blickte sofort nach seinem Satz zu ihr, in der Hoffnung, einen winzigen Hinweis zu erhaschen. Ihr freundliches Lächeln war weg, ersetzt durch ausdruckslose Leere, während sie in ihre Tasse starrte. Er log, und sie wusste es. Aber das wusste ich sowieso schon. Die Frage war nur: Warum log er?

Na ja, es gab nur einen Weg, das rauszufinden.

Ich sagte: „Das ist ein dampfender Haufen Einhornäpfel, wenn ich je welche gerochen habe."

Er seufzte. „Okay, okay. Gut." Seine Schultern sackten nach

vorn, und er zupfte an seinem Croissant herum, riss ein Stück ab, dann noch eins und noch eins. „Du hast recht. Ich wollte nicht, dass jemand mitbekommt, dass ich in der Stadt bin. Das Geschäft in Avalon läuft in letzter Zeit nicht so, wie ich gehofft hatte. Ich habe eine große Investition in etwas getätigt, das wie eine sichere Sache aussah, aber es war keine. Ich habe das ganze Geld verloren, das meine Eltern mir mitgegeben haben, und noch mehr. In Avalon ist alles teuer – zwei- bis dreimal so teuer wie hier. Ich dachte, vielleicht könnte ich Onkel Giovanni überreden, mir was zu leihen, aber ich habe mich geirrt.“

Ich glaubte etwa achtzig Prozent von dem, was er sagte – eine ziemlich hohe Quote. Mehr als bei den meisten Leuten. Es gab noch eine Menge, das er nicht sagte, aber ich wollte nicht zu schnell zu hart drängen. „Du weißt, dass das verdammt schlecht für dich aussieht, oder?“

„Ich weiß“, sagte er. „Aber falls es hilft: Ich weiß, dass ich ihn nicht umgebracht habe, und er war noch am Leben, als ich gegangen bin. Sobald der Gerichtsmediziner den Todeszeitpunkt als später am Tag bestimmt, bin ich aus dem Schneider. Ich habe ein Alibi für den Rest des Nachmittags.“

„Wen, Serena?“ Sie würde nicht reichen. Man brauchte nur zwei Sekunden in ihrer Nähe, um zu sehen, dass sie bis zu ihrem letzten Atemzug lügen würde, wenn es sein müsste.

„Nein“, sagte er. „Ich habe mit jemandem zu Mittag gegessen und was getrunken, dann habe ich Serena getroffen, und wir sind direkt zu meinen Eltern gefahren. Das ist alles eng beieinander passiert.“

„Okay“, sagte ich. „Und mit wem hast du zu Mittag gegessen und was getrunken?“ Stu hatte vielleicht schon mit demjenigen gesprochen, aber ich würde die Spuren trotzdem nochmal abgehen.

„Mit Sebastian Malavic.“

„Fänge und Klauen“, murmelte ich.

„Ihr kennt euch?", fragte er, erschrocken über meinen Fluch.

„Ja, das kann man so sagen."

„Was könnte man sonst noch sagen?", hakte er nach.

„Dass ich fast jedes Mal mit ihm rede, wenn in der Stadt eine Leiche auftaucht."

Leonardo nickte. „Er hatte schon immer fragwürdige Kontakte."

„Wie dich?"

„Nein!"

„Worüber habt ihr geredet? Hast du auch ihn um Geld angepumpt?"

Leonardo räusperte sich und nippte an seinem Kaffee. Das folgende Schaudern zeigte deutlich, dass er kein regelmäßiger Kaffeetrinker war. „Ja, wir haben über Geld geredet."

„Und hat er dir welches gegeben?"

„Nein. Er hat es angeboten, aber manche Dinge haben einfach einen zu hohen Preis."

Ich nickte und erinnerte mich an Malavics grausiges Angebot an Zoe Clementine, die das Sanctuary nach dem Tod von Tanners Großmutter übernommen hatte. Geld war dort knapp, bei all den Tieren, die gefüttert werden mussten, und den niedrigen Vermittlungsgebühren. Der Graf hatte ihr eine große Summe angeboten, wenn sie ihm die Tiere überließ, deren Zeit fast abgelaufen war – damit er sie aussaugen konnte.

Jedes Mal, wenn ich vergaß, dass Malavic ein Vampir war, erinnerte ich mich an diese kleine Anekdote, und alle Gründe, warum ich ihn weder mochte noch ihm vertraute, fielen mir wieder ein.

„Ich verstehe. Und wenn ich mit Malavic rede, wird er deine Geschichte bestätigen?"

„Wer weiß? Er könnte behaupten, ich hätte mich mit ihm

getroffen, um einen Mord zu gestehen, wenn er denkt, das würde seinen Tag interessanter machen."

Richtig. Das auch. Bei Malavic musste man immer zwischen den Zeilen lesen. Manchmal log er aus reiner Boshaftigkeit, meistens aber einfach nur, um seine ewige Langeweile zu vertreiben.

„Leonardo, wenn du deinen Onkel nicht ermordet hast, möchte ich nicht, dass du dafür büßen musst. Ich helfe dir, aber ich muss *alles* wissen. Ich bin schon in gefährliche Situationen geraten, weil ich nur die Hälfte der Informationen hatte, und nur pures Glück hat mich bisher am Leben gehalten. Das will ich nicht nochmal erleben."

Sein Blick huschte zu seiner Verlobten, dann sagte er schnell: „Ich habe dir alles erzählt, was ich weiß."

„Na dann." Ich trank meinen Kaffee aus, nahm den Rest meines Croissants und machte Anstalten zu gehen.

„Nora?" Seine Stimme war jetzt weicher.

„Ja?"

„Sag Donovan nichts von dem Geld. Bitte."

Serena streckte sich über den Tisch und streichelte ihm den Rücken, während sie auf sein flehendes Gesicht hinuntersah.

„Das werde ich nicht."

Oje. Ich fühlte mich nicht gut dabei, Donovan eine entscheidende Information vorzuenthalten, aber was sollte ich machen? Der arme Kerl wollte nicht, dass sich seine Familie für ihn schämte, und ich konnte ihm das kaum verdenken. Und, zugegeben, Donovan würde Leonardos finanzielle Lage eher als Munition gegen seinen Bruder sehen denn als Grund, sich mit ihm zusammenzuraufen.

„Ich sollte euch nicht länger auf die Nerven gehen", sagte ich. Ehrlich gesagt wollte ich einfach nur ins Sheehan's und die Ermittlungen fortsetzen ... mit einem kalten Bier.

Leonardo nickte, blieb aber sitzen, während Serena aufsprang, um mich zur Tür zu bringen. „Bevor du gehst – Jasmine und ich planen einen Mädels-Spa-Tag, bevor ich wieder abreise, und wir würden uns freuen, wenn du mitkommst."

Ich nickte höflich und tat so, als hätte sie mich nicht gerade zu meinem Alptraum eingeladen. „Klar. Sag einfach Bescheid, wann."

„Morgen", sagte sie.

„Oh." Der Plan hatte eher nach der Sorte geklungen, über die man vage redet, aber nie umsetzt. Jedenfalls hatte ich das gehofft. „Na ja, ich muss vormittags arbeiten."

Ihr glattes Gesicht verzog sich zu einem Schmollmund. „Oh. Verstehe. Vielleicht können wir es auf den Abend legen."

Fänge und Klauen! ... Ich konnte nicht glauben, was ich gleich sagen würde. „Nein, ist schon okay. Ich kann mir den Tag freinehmen. Ich lasse einfach jemanden für mich einspringen."

„Wirklich?!"

„Ja, kein Ding." Es war schon ein Ding. Wann hatte ich mir das letzte Mal einfach einen Tag freigenommen? Die Leute bei der Arbeit würden denken, ich liege im Sterben.

Sie quietschte begeistert und fiel mir um den Hals. Mit dem Mund direkt an meinem Ohr fügte sie hinzu: „Es bedeutet mir so viel, Leonardos Familie kennenzulernen."

„Na ja, ich bin eigentlich nicht Familie, aber –"

Sie trat zurück, hielt mich aber an den Schultern fest. „Noch nicht." Dann zwinkerte sie.

„Äh, okay." Ich nickte kurz und ging dann.

Ein kleiner Stups mit der Stiefelspitze, und Grim erwachte mit einem lauten Schnarchen und rappelte sich auf.

Meine Augen brauchten einen Moment, um sich an das relative Dunkel des Flurs zu gewöhnen, und ich hielt die rechte

Hand ausgestreckt, um nicht gegen die Wand zu laufen, während ich die Treppe suchte.

„Hast du irgendwas Gutes rausgefunden?"

„Leonardo ist ein schlechter Lügner, Serena eine noch schlechtere, und jetzt muss ich mit Graf Malavic reden." Ich griff in die Tasche und zog die zweite Hälfte des Croissants raus, die ich eingesteckt hatte. *„Hier, für deine Mühen."*

Grim schlang es in einem Bissen herunter – ohne jegliches Kauen. Und mir fiel wieder ein, warum ich ihm nie Brot gab. *„Das wird dich verstopfen wie ein Weinkorken."*

„Keine Ahnung, wovon du redest. Höllenhunde verdauen alles problemlos."

Das würden wir später sehen.

Als ich hinaustrat, herrschte bereits tiefe Dämmerung. Der Mond stand schon am Himmel, und die magischen Straßenlaternen warfen ihr Licht auf die Gasse. Aber hier in diesem Teil der Stadt waren sie rar gesät.

Ich hatte kaum drei Schritte gemacht, als die Welle der Paranoia über mich hereinbrach. Es fühlte sich an, als würde mir meine Einsicht in den Magen treten.

Etwas beobachtete mich.

Ich warf Grim einen verstohlenen Blick zu, und auch ihm standen die Nackenhaare zu Berge.

„Spürst du das?"

„Oh ja."

„Bleib cool."

Ich vergrub die Hände in meinen Manteltaschen, tastete instinktiv nach meinem Zauberstab und versuchte, locker zu wirken. Schließlich konnte es nichts sein. Eastwind war eine kleine, oft langweilige Stadt. Manchmal gab es einfach nichts zu tun, außer Leute vom Fenster oder der Veranda aus zu beobachten. Vielleicht spürte ich nur jemanden, der genau das tat.

Aber die Straßen schienen verlassen, soweit ich unauffällig

feststellen konnte. Noch ein paar Schritte, und ich hörte es rechts von mir. *Schritte.* Ich fuhr herum, halb in der Erwartung, dass etwas direkt auf mich zugerannt kam, aber zum Glück war dem nicht so.

Was ich allerdings sah, war auch nicht gerade beruhigend.

Grim knurrte tief und grollend.

Im Schatten zwischen dem Inn und dem nächsten Gebäude – genau da, wo ich sicher war, gestern einen Höllenhund gesehen zu haben – stand eine große Gestalt. Ich konnte nur die Silhouette erkennen, und es war unmöglich zu sagen, ob die Masse von der Person selbst kam oder von mehreren Kleiderschichten. Etwas an ihr jagte mir einen Schauer über den Rücken. Eine Energie, die besonders tödlich wirkte, aber auch … leer. Ich weiß nicht, wie ich es erklären soll. Die Schattenfigur kam mir vor wie ein böses schwarzes Loch. Und ich hatte keine Lust, hineingezogen zu werden.

Aber sie schien uns zu beobachten.

„Kann ich Ihnen helfen?", fragte ich und hoffte, dass meine Stimme nicht verriet, wie nervös ich war.

Keine Antwort, und die Schattenfigur rührte sich nicht.

„Riechst du was?", fragte ich.

„Nein. Wir stehen gegen den Wind."

„Aber du hast das gesehen, oder?"

„Oh ja."

Dass Grim alarmiert schien, war einerseits beruhigend, andererseits beunruhigend. Einerseits war ich wenigstens nicht die Einzige, die dachte, dass dieses Ding gefährlich war, andererseits … Grim liebte normalerweise die Gefahr. Und das hier war selbst ihm zu extrem. Wir waren zusammen in die Deadwoods gegangen. Zweimal! Er war dort aufgewachsen und ging dorthin, wann immer er konnte!

Die Gestalt bewegte sich, und ich wäre fast in die andere Richtung davongerannt. Praktischerweise verweigerten meine

Füße ihren Dienst. Der Schatten drehte sich um und stapfte die Gasse hinunter und hinter das Inn.

„*Sollen wir hinterher?*", fragte ich.

„*Nur zu.*"

Ich überlegte. „*Ich glaube, ich tue lieber so, als hätte ich nichts gesehen.*"

„*Damit kann ich leben.*"

„*Niemand erfährt je davon*", sagte ich. „*Ich kann nicht zulassen, dass mich jemand für einen Feigling hält.*"

„*Ich nehme das mit ins Grab, wenn du es auch tust.*"

Damit war es abgemacht. Wir gingen eilig weiter und weg vom *Ram's Head.*

Es war aber wirklich seltsam. Auch wenn ich nicht wusste, was dieses Ding war (und ein Teil von mir war mehr als bereit, so zu tun, als hätten Grim und ich uns das nur auf exakt dieselbe Weise eingebildet), war ich nicht komplett im Dunkeln. Denn ich hatte den seltsamen Verdacht, dass die Gestalt da war, um ein Auge auf mich zu haben. Und mehr noch – ich hatte fast den Eindruck, dass es ein Geist war.

Kapitel Elf

Wie üblich weigerte Grim sich, den undefinierbar klebrigen Boden des Sheehan's zu betreten, und beschloss, draußen zu warten – trotz der eisigen Kälte und der gelegentlichen Schneeflocken. Sein Fell reichte locker, um ihn warmzuhalten, und ich war nicht traurig, dass er nicht den Pub-Dreck in Rubys Haus und vor allem in mein Schlafzimmer schleppen würde.

Malavic schien sich prächtig zu amüsieren, als ich hereinkam. Er war an einem Ende des Scufflepuck-Tischs neben Landon Hawker, gegenüber von Grace Merryweather und Ted. Grace und Ted stießen abwechselnd die explodierenden Pucks über die lange Bahn. Sie musste einen guten Schuss gelandet haben, denn Landon jubelte, und Malavic nickte und zog eine Braue vage anerkennend hoch. Teds Kapuze sackte nach vorn.

„Nora!", rief Grace, als sie mich entdeckte.

„Hey, Grace. Landon. Ted."

„Bin ich unsichtbar, oder was?", fragte Malavic.

„Ich wäre als Nächstes zu dir gekommen. Tatsächlich bin ich hergekommen, um mit dir zu reden."

Er sah die anderen an und sagte: „Oh-oh, sieht aus, als wäre ich in Schwierigkeiten."

„Bist du nicht", sagte ich ausdruckslos.

Er grinste. „Ah. Dann brauchst du also ein bisschen männliche Aufmerksamkeit. Der Stringfellow-Junge reicht wohl nicht mehr? Brauchst du jemanden, der weniger grüblerisch ist?"

„Wenn du denkst, du wärst weniger grüblerisch als irgendwer in dieser Stadt", sagte ich, „dann weißt du offensichtlich nicht, was das Wort bedeutet." Ich nickte zu einem freien Zweiertisch auf der anderen Seite des Raums. „Komm, ich spendier' dir einen Drink."

Er lachte. „Du kannst dir nicht leisten, was ich trinke. Außerdem habe ich schon die ganze Flasche gekauft."

„Sorry, dass ich ihn entführen muss", sagte ich zu den anderen. „Ich verspreche, ihr habt seine wunderbare Gesellschaft in ein paar Minuten zurück."

„Ist was passiert?", fragte Landon und trat näher. „Geht's um Giovannis Mord?" Seine Augen leuchteten auf, und ich wette, er stellte sich schon vor, wie er die Pinnwand in seinem Büro organisieren würde.

„So in der Art", sagte ich. Als ihn das nicht beruhigte, fügte ich hinzu: „Ich glaube, es wird ziemlich einfach, aber ich gebe dir nachher Bescheid, und wenn es kompliziert wird, komme ich sofort zu dir."

Das reichte ihm, und er lächelte und nickte, bevor er zu den anderen zurückkehrte. Natürlich war es schon kompliziert, oder? Ich hätte seinen Kopf definitiv gebrauchen können – denn was für ein Kopf das war!–, aber es fühlte sich nicht richtig an. Ich wusste aus erster Hand, wie sehr diese Art von Obsession Zeit von allem anderen im Leben stahl, und solange er eine schwangere Freundin und einen Vollzeitjob in den Katakomben hatte, sollte ich ihn besser vor sich selbst schützen, indem ich ihn von dem Fall fernhielt. Das taten Freunde füreinander, und es war wirklich schade, dass ich niemanden hatte, der das für mich tat.

Als Malavic seinen Wein nachgefüllt, und mir – obwohl ich Bier bestellt hatte – ein Glas mitbrachte, setzte er sich mir gegenüber an den wackeligen Tisch, wartete geduldig und musterte schweigend mein Gesicht, als wäre es ein besonders cleverer Witz.

Ich nippte am Wein und bereute es sofort.

Heiliger Höllenhund, das Zeug war gut. Ugh! Warum musste der eine Typ in der Stadt, der als Sommelier durchgehen konnte, ausgerechnet der sein, mit dem man am schwersten auskam? Wenn Malavic nicht so ein Arsch wäre und kein Vampir und nicht mit allem in Verbindung stehen würde, was in der Stadt schiefging ...

Ich öffnete den Mund, um zu sprechen, doch er unterbrach mich. „Ist gut, oder?"

„Ganz okay", brummte ich. „Ich will dich nicht aufhalten, also kommen wir direkt zum Grund meines Hierseins."

„Du hast rausgefunden, dass ich Leonardos Alibi bin, und traust Manchester nicht zu, gründlich genug zu arbeiten, also bist du gekommen, um mich selbst zu befragen." Er schmunzelte. „Soweit richtig?"

Ooh ..., wenn ich doch nur nützliche Magie beherrschen würde, hätte ich ihn sowas von verhext. „So in etwa."

„Ich vermute, wegen deiner holprigen Romanze mit Donovan fühlst du dich verpflichtet, seine Familie zu verteidigen. Aber der Deputy hat andere Verpflichtungen. Seine einzige Aufgabe ist, einen Mörder zu finden, ob das nun der ältere Stringfellow-Junge ist oder nicht. Und da, schätze ich, geht ihr in diesem Fall getrennte Wege."

„Oh, du bist ja so scharfsinnig", bemerkte ich bitter.

„Und was genau hat Leonardo behauptet, dass wir besprochen hätten?"

„Ich würde es lieber von dir hören."

Er atmete tief durch die Nase ein, lehnte sich zurück und starrte in die Luft über meinem Kopf, als würde er sich an etwas erinnern, das erst gestern passiert war. „Ich kann mich nicht mehr so genau erinnern."

„Ist das dasselbe, was du Stu gesagt hast?"

„Daran kann ich mich auch nicht mehr erinnern."

Ich umklammerte mein Glas fester, bevor mir einfiel, dass ich vor einem Vampir saß und ich die Situation nicht besser machen würde, wenn das Glas zerbrach und ich zu bluten begann. „Warum machst du es mir so schwer?"

Er lachte und schwenkte seinen Rotwein. „Weil es so viel Spaß macht! Ich wünschte, du könntest dein Gesicht sehen. Du bist eine schöne Frau, Nora, aber du bist noch schöner, wenn du vor Wut kochst. Eine seltene Eigenschaft und eine kostbare. Nichts belebt einen langweiligen Abend so sehr wie eine wütende Frau. Diese Unvorhersehbarkeit bringt mein Blut wirklich in Wallung ... sozusagen."

Wenn er es genoss, mich zu verärgern, dann würde ich mich eben beruhigen.

Ich will ihn nicht würgen ... Ich will ihn nicht würgen ...

Nein, überzeugte mich nicht. Also trank ich stattdessen den Rest meines Rotweins in einem Zug aus. Natürlich war Alkohol in der Situation immer ein Risiko. Ich konnte entspannter werden oder aggressiver. Keine Ahnung. Und vielleicht machte genau das den Reiz aus.

„Gut, du musst mir nichts sagen. Und ich sage dir auch nichts von der Person, die mich zuvor aus den Schatten beobachtet hat."

Ich sah es, dieses kleine Funkeln von Interesse, das über sein blasses Gesicht huschte. „Willst du mir sagen, Nora, dass jemand meiner zweitliebsten Hexe des Fünften Windes droht?“

„Zweitliebsten?“

„Natürlich. Ruby und ich, wir kennen uns schon ewig.“ Er zwinkerte.

„Ich will das nicht wissen.“

„Keine Sorge. Wir waren nur Freunde.“

„Ich sagte, ich will –“

„Mit gewissen Vorzügen.“

Ich schnitt eine Grimasse. „Zeigt mal wieder, dass selbst die klügsten Frauen gelegentlich den Verstand verlieren können. Und nur so nebenbei: Ich bin mir nicht ganz sicher, dass du sie nicht hypnotisiert hast.“

„Ach bitte, du kannst nicht leugnen, dass ich einen gewissen unwiderstehlichen –“

„Stopp! Kein Wort weiter!“ Ich zeigte mit dem Finger auf ihn und kniff die Augen zusammen, als mir die Erkenntnis dämmerte. „Du hast gerade ‚Freunde mit gewissen Vorzügen‘ gesagt. Den Ausdruck dürftest du nicht kennen. Das ist eine Redensart aus meiner Welt. Und relativ neu. Ich bin mir absolut sicher, dass ich den Ausdruck, seit ich hergekommen bin, nie benutzt habe, weil ich ihn hasse. Und dir gegenüber definitiv nicht.“

Er sah mich an, als wäre der Wein mir direkt in den Kopf geschossen. „Erstens, woher weißt du, dass der Ausdruck nicht vor langer Zeit hier entstanden und dann in deine Welt gewandert ist? Zweitens, woher weißt du, dass ich ihn nicht von Eva habe? Sie und dein Boytoy waren schließlich Freunde mit gewissen Vorzügen, bevor sie offiziell zusammengekommen sind.“

Ich blinzelte. „Was? Wirklich?“

„Oh ja. Sie dachten, sie wären ach-so-diskret, aber ich habe gesehen, wie sie zusammen die Bar verlassen haben, einer ein oder zwei Minuten vor dem anderen, um keinen Verdacht zu erregen. Ich schätze, sie war weniger besorgt darum, dass es rauskommt, aber er dachte offensichtlich, dass das seine Chancen bei dir ruinieren würde. Lustig, wie das Leben manchmal so spielt."

Ich fand das nicht lustig. „Du versuchst, das Thema zu wechseln, und ich lasse das nicht zu. Worüber hast du mit Leonardo geredet, als ihr euch gestern getroffen habt?"

Darauf seufzte Malavic schwer und gestikulierte vage, während er antwortete. „Worüber redet man schon mit dem Mann? Er ist so langweilig! Er hat den Großteil des Gesprächs damit verbracht, von seinem Leben in Avalon zu schwärmen, als würde mich das auch nur einen halben Fangzahn interessieren. Ich bin mir ziemlich sicher, dass der Großteil gelogen war, vor allem die Teile, wo er von seinem Erfolg geredet hat. Sein Geschäft ist nicht annähernd so erfolgreich, wie er tut."

„Das weiß ich."

„Dann solltest du erraten können, worum es in unserem Gespräch ging."

„Ich hab' da so eine Idee. Hat er gesagt, wozu er das Geld braucht?"

Der Graf zögerte einen Moment länger als natürlich, und ich konnte die Lügen, Ablenkungen und Manipulationen praktisch riechen, die da brodelten. Leider konnte ich nicht sagen, ob der Winkel seines dünnen Mundes wirklich minimal nach oben zuckte oder ob der Wein meinen Verstand Dinge hinzudichten ließ.

„Er hat diese Verlobte, weißt du das nicht?" Malavic verdrehte die Augen. „Hat auch nicht aufhören wollen, von ihr zu reden. Er stellt sich vor, sie leben glücklich bis ans Ende ihrer Tage. Ha! Eine Elfe und ein Hexenmeister."

„Was ist daran falsch? Die Bouquets sind eine Elfe und ein Werwolf."

„Ja, aber stell' dir ihre Position vor. Er wird alt und stirbt vor ihren Augen, und sie hat noch Jahrhunderte zu leben."

„Stimmt, aber –"

„Wenigstens bist du schlau genug, nur Hexen zu daten."

Ich mochte nicht, worauf er anspielte. „Es ist nicht so, dass ich nur Hexen date. Es ist so, dass die zwei Männer, mit denen ich zusammen war, zufällig Hexen sind."

Seine Mundwinkel zuckten – diesmal eindeutig –, und er nippte an seinem Wein, um das Grinsen eher schlecht als recht zu verbergen. „Natürlich", sagte er. „Rede dir das ruhig weiter ein. Aber vielleicht weißt du tief im Inneren, wie unklug es für eine Kurzlebige wie dich ist, sich in jemanden mit echter Langlebigkeit zu verlieben – oder schlimmer noch: einen Unsterblichen. Sehr unangenehm, sich vorzustellen, wie sie weitermachen, sobald du tot bist. Und stell dir all die Unsicherheit vor, die damit einhergeht, alt und gebrechlich zu werden, während sie jung und fit bleiben. Die Chancen, dass er dir untreu wird, steigen ins Astronomische."

„Du lenkst wieder vom Thema ab", sagte ich.

„Tue ich das?"

„Ja. Tust du. Habt du und Leonardo über noch irgendwas geredet, das interessant sein könnte?"

„Ich habe schon alles gesagt, was wirklich nützlich sein könnte."

Ich schnaubte leise und hoffte, er hörte es nicht. Aber ich vermutete, er hatte es gehört. Malavic schien ein besonders sensibles Gehör zu haben. Es hieß, er könnte den Puls von jemandem auf der anderen Seite eines vollen Raums hören. Der Gedanke ließ mich erschaudern.

„Danke ... schätze ich."

„Ich finde, es ist nur fair, dass du mir jetzt eine Frage beantwortest, nachdem ich so unglaublich hilfsbereit bei deiner Amateur-Ermittlung war."

Ich schnaubte erneut, sagte aber: „Gut. Leg los.“

Er beugte sich über den Tisch, seine Augen bohrten sich in meine, und ich fühlte mich wirklich wie verzaubert. Ich glaube nicht, dass da Magie im Spiel war, aber sicher sein konnte ich nicht.

„Wenn du wüsstest, dass es einen Weg gibt, wieder mit deinem hübschen Tanner zusammen zu sein, ohne Eastwind zu schaden – würdest du es tun?“

„Natürlich würde ich das!“, zischte ich und spürte, wie mir das Blut ins Gesicht schoss. Und natürlich bereute ich es im selben Moment, in dem die Worte aus meinem Mund waren. Malavic diese Art von Munition für das nächste Mal zu geben, wenn er Zwietracht zwischen Donovan und mir säen wollte, war jenseits von dumm. Ich versuchte, es abzuwiegeln, indem ich sagte: „Aber das ist unmöglich, also warum sollte ich überhaupt darüber nachdenken?“

„Möglich oder unmöglich ist für die Frage irrelevant. Du sagst mir, du würdest den armen, schmachtenden Stringfellow abservieren, um zu deinem geliebten Westwind zurückzurennen, wenn du die Chance hättest?“

Ich hielt inne. Würde ich das? „Es ist kompliziert.“

„Du weißt, dass ich Kompliziertes liebe.“

„Ich würde Donovan nicht einfach abservieren.“

„Würdest du nicht? Oder stellst du dir töricht ein Szenario vor, in dem du beide Männer haben könntest?“

Nur nachts, wenn ich allein bin.

„Nein, ich weiß, dass das keine Option ist. Genauso wie ich weiß, dass dein Szenario unmöglich ist.“ Ohne es zu bemerken, stand ich auf, und mein Holzstuhl schabte über den staubigen Boden. „Warum sprichst du das überhaupt an? Ich ... ich habe drei Monate versucht, zu vergessen, was passiert ist, versucht, mein Leben weiterzuleben, und du wirfst mir einfach diese Frage hin und reißt alte Wunden auf?“

„Ja", sagte er schlicht. „Ich liebe offene Wunden. Außerdem finde ich es seltsam zufällig, dass dein Zirkel zusammen in die Deadwoods geht und die zwei Leute, die nicht zurückkommen, genau die beiden sind, die zwischen dir und Donovan standen. Wie praktisch für ihn."

Ich hatte es noch nie so betrachtet, und ich wollte nicht damit anfangen.

Er fuhr fort: „Das Ganze hat mich zum Nachdenken gebracht: Was, wenn er etwas zu Eva gesagt hat, das sie dazu gebracht hat, durch das Portal zu rennen? Und was, wenn er wusste, dass dein Held Donovan ihr hinterherjagen würde?"

„Du hast ja keine Ahnung, wovon du redest."

„Oder vielleicht hast du keine."

Ich ballte die Fäuste und erlaubte mir einen Moment der Fantasie, in dem eine davon direkt auf seine Nase zuflog. Sie würde nie treffen. Ich hatte in der Schlacht auf dem Emporium gesehen, wie schnell seine Reflexe waren. Seine Geschwindigkeit und Gewaltbereitschaft waren wirklich furchterregend – wahrscheinlich das Einzige, was mich davon abhielt, zuzuschlagen. „Du magst Redewendungen aus meiner Heimatwelt so sehr – hier ein kleiner Leckerbissen für dich: Du kannst mich –"

Falls ich je befürchtet hatte, meine Muttersprache beim Fluchen zu vergessen, brauchte ich mir keine Sorgen zu machen. Es kam alles in einem Schwall zurück, und jedes Wort fühlte sich besser an als das vorige, bis mir keine neuen mehr einfielen und ich ein paar wiederholte.

Für den Rest des Pubs, das seltsam still geworden war, klang ich wahrscheinlich, als würde ich in Kauderwelsch reden. Aber Malavic wusste Bescheid. Irgendwie kannte er die Bedeutungen hinter den Wörtern, und er sah tatsächlich ein bisschen sprachlos aus. Gut.

Auch wenn ich ein kleines Spektakel veranstaltet hatte,

machte ich mir keine großen Sorgen. Das war ein Pub in einer paranormalen Stadt – hier gab es jeden Abend irgendeine Szene. Und eine Frau, die Sebastian Malavic die Leviten las, war ziemlich harmloser Klatsch – der mir sogar Respekt einbringen könnte.

Grim war nirgends zu sehen, als ich aus dem Sheehan's stapfte. Damit hatte ich gerechnet, denn warum sollte er draußen warten, wenn er zu Hause am Kamin mit Monster kuscheln konnte? Klar, er hätte bleiben können, um dafür zu sorgen, dass ich heil nach Hause kam, aber ich hatte ihn schon genug für einen Tag strapaziert. Ich war ein Realist, was unsere Beziehung anging.

Die beißende Kälte passte perfekt zu meiner Stimmung. Ich war erhitzt und musste meinen Motor abkühlen.

Ich zuckte zusammen, als ein Geist direkt vor mir auftauchte. „Süßes Baby-Jackalope!" Mein Schreck wich bitterer Verärgerung, als ich erkannte, dass es derselbe weibliche Geist war, der versucht hatte, mein Date mit Donovan zu stören.

„Du hast gesagt, du hilfst mir später", sagte sie. „Jetzt ist später."

Ich knirschte mit den Zähnen und marschierte direkt durch sie hindurch, trotz des unangenehmen Kälteschauers, den das Durchqueren eines Geistes mit sich brachte. „Du hättest dir keinen schlechteren Zeitpunkt aussuchen können."

Sie schwebte mir hinterher. „Oh, tut mir leid, dass mein Tod dir ungelegen kommt."

„Entschuldigung angenommen. Komm später wieder, wenn's sein muss, aber lass mich jetzt in Ruhe."

Sie schnaubte. „Dann muss ich wohl jemand anderen finden, der mir hilft."

„Nur zu."

Ihre Präsenz hinter mir verschwand, und ich atmete

erleichtert auf. Ich hatte genug am Hals, ohne für einen Geist den Psychotherapeuten zu spielen. Ja, es war irgendwie meine Verantwortung, Geistern dabei zu helfen, hinüberzugehen, und meist reichte ein Gespräch. Aber gab es nicht auch sowas wie persönliche Grenzen, vor allem, wenn der Geist einfach nur nervtötend war?

Ohne sie war die Nacht still, und ich hatte nur meine kreisenden Gedanken als Gesellschaft.

Trotz des letzten Wortes bei Malavic fühlte ich mich nicht siegreich, sondern nur mies. Nicht wegen meines Verhaltens ihm gegenüber (natürlich), sondern weil ich endlich etwas zugegeben hatte, das ich monatelang verleugnet hatte: Ich würde Tanner Donovan vorziehen, wenn ich die Chance hätte. Ohne zu zögern. Große Göttin, wie ich diesen dummen Mann vermisste, wie er alles hat mühelos aussehen lassen, wie seine warme Ruhe mich jedes Mal umhüllt hatte, wenn er lächelte, die Einfachheit seiner Motivation ...

Und jetzt nagte noch etwas anderes an mir.

Worüber *hatten* Donovan und Eva geredet, bevor sie im Wald zum Portal gerannt war? Der Graf wusste oft Dinge, die er nicht wissen sollte. Konnte das, was er angedeutet hatte, wahr sein?

Hatte Donovan alles manipuliert?

Kapitel Zwölf

Ruby blickte von ihrem Buch auf, als ich durch die Haustür kam. Monster hatte sich fest zwischen Grim und Clifford am Kamin eingenistet – die beiden Höllenhunde hätten sich nie so eng aneinander gekuschelt, wenn es nicht zum Wohl dieser verwöhnten kleinen Munchkin-Katze gewesen wäre.

Ruby blinzelte, als sie mich sah. „Du siehst furchtbar aus."

„Danke."

Ich hängte meinen Mantel an den Haken und zog die Stiefel aus, ohne sie ordentlich nebeneinander zu stellen, sondern warf sie einfach ungefähr dorthin, wo sie normalerweise standen.

„Männersorgen?", fragte sie, markierte ihre Seite, eilte in die Küche und setzte sofort Wasser auf.

„So in der Art."

„Welcher?"

„Ich finde es schrecklich, dass du das fragen musst."

„Oh bitte, das sagt überhaupt nichts über dich. Jeder Mann in dieser Stadt ist in der Lage, jeder Frau den Tag zu vermiesen."

„Sebastian Malavic", sagte ich.

„Ah, na, das erklärt so –"

„Und Leonardo Stringfellow."

„Meinst du Donovan Stringfellow?"

„Ja, der auch."

Sie gab ein leises Grunzen von sich, als ich mich auf einen Stuhl am Tisch im Salon fallen ließ.

Ich stützte das Kinn in die Hände und versuchte, meinen Kopf daran zu hindern, zu rotieren, bis sie mit dem Tee kam. „Ich hab' ein bisschen was extra reingegeben, nur für dich."

„Danke." Der Dampf trug schon beim ersten Schluck den Geruch von Alkohol direkt in meine Nase. Der Heimweg hatte mich ausreichend ausgenüchtert, und das Brennen des Tees fühlte sich wie genau die richtige Strafe an.

„Ich weiß, es steht mir nicht zu, dir romantische Ratschläge zu geben", begann Ruby und setzte sich mir gegen-über, „aber hör nicht auf das, was aus dem Mund dieses Vampirs kommt. Er hat große Freude daran, die Ruhe anderer zu stören. Was immer er gesagt hat, das an dir nagt – ignoriere es einfach. Verschwende keinen Gedanken daran."

„Woher weißt du, dass er das gemacht hat?"

„Weil er das immer tut! Einem alten Hund bringt man keine neuen Tricks mehr bei." Sie hielt inne und warf einen Blick zu Clifford. „Ach, du weißt, dass das nur ein Sprichwort ist." Sie schüttelte den Kopf und sah mich wieder an. „Wenn ich mich richtig erinnere, ist Leonardo Stringfellow der ältere Bruder des Mannes, auf den du stehst. Es steht mir wirklich nicht zu, zu urteilen, aber ich würde dir dringend davon abra-ten, dich mit Brüdern einzulassen. Es war schon kompliziert genug, als deine zwei Männer beste Freunde waren –"

Mein Hirn schaltete endlich. „Nein! Nein. Nein. So ist das nicht. Nicht mit Leonardo. Er ist nur wieder in der Stadt und … na ja, es hat einen Mord gegeben."

Ich brachte sie auf den neuesten Stand – vom Zusammentreffen mit Leonardo und Serena in Ezras Laden, vom Mord, von der verschwundenen Leiche und davon, dass Leonardo am Tag des Mordes seinen Onkel besucht hatte.

Am Ende runzelte sie untypisch besorgt die Stirn. „Nochmal zurück zu dem Teil, wo die Leiche verschwunden ist."

„Ich weiß nicht viel darüber. Wir waren im Haus, und sie war da. Wir sind rausgegangen, Stu hat Ted gesagt, er soll noch ein paar Fotos machen, und ein paar Minuten später haben wir erfahren, dass die Leiche weg war."

„Giovanni war kein kleiner Mann, wenn ich mich recht entsinne. Nicht dick, aber groß. Breite Schultern."

„Du erinnerst dich richtig."

„Ich nehme an, jemand könnte sich im Haus versteckt haben und ihn mit Magie rausschweben lassen. Größe würde nicht so sehr zählen, wenn Magie im Spiel ist. Und das schränkt den Kreis der Verdächtigen ein."

„Du gehst davon aus, dass derjenige, der die Leiche weggebracht hat, auch der Mörder war?"

„Das tue ich."

„Dann kommt nur eine Hexe oder ein Dschinn infrage."

Sie schüttelte den Kopf. „Oder jede Menge anderer magischer Wesen, die sich in die Stadt geschlichen haben könnten."

Kräftiges Klopfen an der Haustür unterbrach das Gespräch. Drei Schläge.

Wir erstarrten.

Dann schnell ein viertes Klopfen. „Ruby? Bist du da?"

Wir entspannten uns. Ich hätte Stu Manchesters autoritäre Stimme überall erkannt. „Ich gehe schon", sagte ich.

Als ich die Tür öffnete, sah sein Gesicht grimmig aus. „Oh gut. Du bist auch hier. Darf ich reinkommen?"

Ich sagte natürlich, trat zur Seite und fragte mich sofort, ob es noch einen Mord gegeben hatte. Er sah definitiv aus, als brächte er schlechte Nachrichten.

„Tee, Stu?", fragte Ruby.

Er zögerte, dann nickte er und zog sich einen Stuhl heran. „Warum nicht."

Ich fragte mich, ob sie ihm sagen würde, dass er mit Alkohol versetzt war.

Das tat sie nicht. Aber es sah aus, als könnte er ein bisschen was gebrauchen, um ihm die Anspannung zu nehmen, und die Mischung war nicht stark genug, um seine Diensttauglichkeit zu beeinträchtigen. Nicht, dass Bloom lange genug aus ihrem Büro rauskam, um seinen Atem zu riechen.

„Womit können wir dir heute Abend helfen?", fragte Ruby und lehnte sich zurück.

„Na ja, ich weiß nicht wirklich, wo ich anfangen soll."

„Wie wäre es mit dem Anfang", schlug sie vor.

Er nickte und wandte sich an sie. „Du weißt, dass gestern ein Mord passiert ist?"

„Wenn du von Giovanni Stringfellow sprichst, dann ja. Nora hat mich gerade aufgeklärt."

„Gut. Und ich nehme an, sie hat auch erwähnt, dass die Leiche verschwunden ist?"

Ruby nickte, und Stu seufzte und führte die Teetasse an seinen Schnauzbart. Er hielt nur einen Moment inne, als er den Geruch bemerkte, dann trank er trotzdem einen langen Schluck.

„Die Hohepriesterin hat darauf bestanden, sich den Tatort anzusehen, da er ein Zirkelmitglied war. Ich schätze, Bloom versucht, mit ihr auszukommen, denn sie hat es erlaubt. Springsong hat auch Bürgermeisterin Esperia mitgebracht, die, wie du ja weißt, früher die magische Pathologin in Eastwind war."

Ich war mir noch nicht sicher, worauf Stu hinauswollte,

wusste aber, dass es nicht gut war, nach einem Verbrechen Springsong und Esperia am selben Ort zu haben. Das bedeutete, etwas war im Busch, oder sie glaubten wenigstens, dass etwas im Busch war. Auch wenn ich offiziell das Kriegsbeil mit den beiden Hexen begraben hatte, vertraute ich ihnen keineswegs.

„Und was hat die liebe Cordelia Esperia am Tatort gefunden?", fragte Ruby in einem Ton süß wie Frostschutzmittel.

Stu fuhr sich mit der Hand übers Gesicht und über den Schnauzbart. „Deshalb bin ich hier. Da es keine Leiche mehr gab, die sie untersuchen konnte, hat sie am Tatort ein paar Tests gemacht. Alle haben Nekromantie nachgewiesen."

Ruby sagte nichts, hob nur langsam eine Braue und sah mich an. Ich konnte nicht sagen, ob der Blick eine Frage war oder einfach eine Bitte um Solidarität, wie lächerlich das war. Ich ging auf Nummer sicher und nahm Ersteres an.

„Falls du denkst, ich hätte die Leiche auferstehen und wegspazieren lassen", sagte ich zu Stu, „habe ich schlechte Nachrichten für dich. Ich habe keine Ahnung, wie man das macht."

Er nickte. „Hab' ich mir schon gedacht, aber damit bleibst nur du übrig, Ruby. Ich nehme doch an, dass sie diese Art von Magie beherrscht."

„Sicher", sagte Ruby. „Und das gibt mir das Mittel. Und weil ich den Tag allein mit meinem Vertrauten verbringe, der großen Göttin sei's gedankt, habe ich kein Alibi. Also auch die Gelegenheit. Aber sieh mich an, Stu. Glaubst du, in mir gibt es auch nur eine Faser, die sich genug interessiert, um jemanden umzubringen, den ich nur dem Namen nach kenne und der am anderen Ende der Stadt wohnt? Weder mag ich diesen Mann, noch hasse ich ihn. Ich habe kein Motiv und generell auch keine Motivation für irgendwas, das mich vom Lesen abhalten könnte."

„Oh, du kannst mir glauben, Ruby, ich verstehe das. Ich persönlich glaube nicht, dass eine von euch beiden was damit zu tun hat, aber ich bin mir nicht sicher, ob der Rest von Eastwind das so sehen wird, sobald rauskommt, dass der Mord mit der Magie des Fünften Windes zu tun hatte. Ich hoffe, ich sage euch da nichts Neues, wenn ich erwähne, dass es immer ein bisschen Misstrauen gegenüber eurer Art von Hexen gab, egal, wie viel Gutes ihr tut.“

„Überhaupt nichts Neues“, sagte Ruby. „Ich weiß es sehr zu schätzen, dass du gekommen bist, um uns vorzuwarnen. Es kann extrem nützlich sein zu wissen, wann man einer guten alten Hexenjagd ausgesetzt wird. Aber im Sinne ordentlicher Strafverfolgung in dieser Stadt würde ich gern ein paar andere Punkte anbringen.“

Er nickte. „Bitte.“

„Wenn es Anzeichen von Nekromantie gibt und es weder Nora noch ich waren ...“

„Ja“, sagte er, „das ist mir auch durch den Kopf gegangen. Aber ich stelle mir nur ungern vor, dass eine andere Hexe des Fünften Windes unbemerkt in die Stadt gekommen sein könnte.“

„Könnte es jemand sein, der ein bisschen mit Nekromantie herumspielt?“, fragte ich. „Es gab ja mal diese dummen Teenager, Ostwinde, glaube ich, die sich an Nekromantie versucht haben.“

„Und wenn ich mich erinnere, waren die ziemlich schlecht darin“, fügte Ruby hinzu. „Klar, sie haben eine Dämonin ins Reich eingeladen, aber sobald sie hier war, hatten sie nicht viel Kontrolle über sie, oder? Ich will ja nicht zu viel von meinen Karten aufdecken, aber die Menge an Kontrolle und Training, die nötig wäre, um eine Leiche auferstehen und weggehen oder wegrennen zu lassen, ist immens. Nichts, was jemand hinkriegen würde, der nur mit dieser Magie herumexperimentiert."

Ich hielt inne. Ich führte das Gespräch nur ungern in diese Richtung, aber wir mussten alle Möglichkeiten durchgehen. „Wenn jemand Mächtiges einfach nekromantische Techniken benutzt hätte, würde das Spuren von Nekromantie hinterlassen? Sagen wir, wenn ein Dschinn beschlossen hätte, diese Art von Magie anzuwenden, was er meiner Meinung nach durchaus könnte."

„Ja", sagte Stu, „ein Dschinn könnte definitiv sowas machen. Oder vielleicht ein anderes unglaublich mächtiges Wesen. Aber ich bin mir nicht sicher, ob es dieselben Spuren hinterlassen würde, die die Bürgermeisterin gefunden hat. Sie hat gezielt ‚Fünfter Wind' gesagt."

Ruby prustete. „Pah! Natürlich war ihre erste Annahme ein Fünfter Wind, auch wenn es vollkommen unmöglich ist, mit Sicherheit festzustellen, *wer* die Magie gewirkt hat."

„Könnte ein Vampir sowas?", fragte ich.

Es war ein Absatz, den ich kürzlich in meinem Unterricht bei Oliver Bridgewater gelesen hatte, der diesen Gedanken gesät hatte. Wenn ein Vampir jemanden verwandelte, saugte er ihn aus, bis die Person tot war. Erst nach ein paar Stunden stand das Opfer wieder auf und wurde selbst zum Vampir. „Könnte die Leiche entdeckt worden sein, während sie in der Verwandlungsphase war und genau genommen tot? Vielleicht ist sie wieder zum Leben erwacht und weggegangen, während wir draußen waren. Ist Vampirmagie nicht im Grunde Nekromantie?"

Ich war schon tief in meiner neuen Theorie über Leonardo und Malavic und Erpressung und einen Preis, der dafür bezahlt werden musste, als Ruby sagte: „Auch wenn es tatsächlich Nekromantie ist, bin ich mir nicht sicher, ob es dieselben Spuren am Tatort hinterlässt. Und außerdem wäre das Timing zu perfekt. Vampire können nicht kontrollieren, wann ihre Nachkommen wieder aufstehen. Da spielen viele Faktoren mit rein. Und hier scheint mir viel eher der Fall zu sein, dass jemand auf den richtigen Moment gewartet und dann die Leiche mit Magie hat weggehen lassen.“

Verdammt! Wie wunderbar wäre es gewesen, Graf Malavic endlich für Mord festzunageln, nach seinem Verhalten im Sheehan's? Ihn endlich hinter Gittern zu sehen, wäre ein echtes Geschenk gewesen.

Stu trank seinen Tee mit Schuss aus, und wir waren uns einig, dass keiner von uns wirklich wusste, was genau vor sich ging. Doch ich spürte, was wir alle dachten, und das war klar und beunruhigend: Es gab eine weitere Hexe des Fünften Windes in Eastwind, und wir hatten keine Ahnung, wo.

Kapitel Dreizehn

„Also", sagte Donovan, während wir am nächsten Tag im Fulcrum Park durch die helle Sonne spazierten.

Ich knabberte im Gehen an einem Schinken-Sandwich von einem Stand im Emporium. „Also was?"

„Also ... reden wir über den Mord?"

Ich biss schnell nochmal ab und stopfte mir den Mund voll, um mir Zeit zum Nachdenken zu verschaffen. Es war klar, dass er interessiert war und annahm, ich wäre schon mit meinem Nebenjob beschäftigt, aber es gab so viel, was ich ihm nicht erzählen konnte. Ich hatte Leonardo Diskretion versprochen. Ihm von der Nekromantie zu erzählen, würde ihn unweigerlich Ruby oder mich verdächtigen lassen, und ich hatte seit dem Aufwachen beschlossen, dass die Worte des Grafen definitiv mehr Einhornäpfel als Wahrheit enthielten. Jeder Brocken, den ich Donovan hinwarf, würde sein Interesse wahrscheinlich nur noch mehr anstacheln, anstatt es zu stillen.

„Was ist damit?", fragte ich schließlich. So wollte ich meinen freien Tag nicht verbringen. Ein entspanntes Mittagessen-Date, ja. Aber über Mord reden bei diesem entspannten

Mittagessen-Date, wenn ich einen ganzen Spa-Tag mit Serena und Jasmine vor mir hatte? Nicht wirklich. Obwohl es viel schlimmer hätte sein können.

„Hm, keine Ahnung", sagte er sarkastisch, „wie wäre es mit dem Teil, wo mein Bruder dabei gesehen wurde, wie er vom Tatort geflohen ist? Ich nehme an, du bist dem nachgegangen."

Ich nickte langsam. „Bin ich."

„Und?"

„Und es war nicht dein Bruder."

Er blieb stehen, und ich hatte einen seltsamen Impuls, einfach weiterzugehen. Aber ich tat es nicht. Ich hielt an und drehte mich zu ihm um. „Was?"

„Woher weißt du, dass er es nicht war?"

„Weil ich mit ihm geredet habe."

„Und du hast geglaubt, was er gesagt hat?"

„Na ja, nicht sofort. Er hat ein Alibi, also habe ich das überprüft, und es scheint ziemlich wasserdicht zu sein. Ich finde, auch die Tatsache, dass Stu ihn noch nicht verhaftet hat, für ihn spricht für ihn."

Donovan schüttelte den Kopf. „Das kaufe ich dir nicht ab."

Ich lachte, bevor ich es verhindern konnte. „Was kaufst du mir nicht ab? Du kennst sein Alibi ja nicht einmal."

„Na dann: Was ist sein Alibi?"

Ich hielt inne und erinnerte mich an mein Versprechen. Ich ging schnell ein paar hypothetische Varianten durch, ob ich die Fakten einigermaßen ethisch vertretbar biegen konnte, um Donovan gerade genug zu sagen, ohne mein Wort zu brechen. Keine Chance. „Ich glaube, da fragst du ihn besser selbst."

Seine Augenbrauen schossen hoch, und wenn ich ihn nicht besser gekannt hätte, hätte ich geglaubt, er war amüsiert. Aber ich kannte ihn. Und dieser Blick verriet mir, dass er sich hintergangen fühlte. (Leider hatte ich diesen Blick schon oft genug gesehen.) „Du bist jetzt also ganz dicke mit meiner Familie, ja?

Die ganze Zeit habe ich mir gesagt, sie sind einfach eine Bande von besserwisserischen Snobs, und deshalb kann ich nichts richtig machen. Aber bei einer Hexe des Fünften Windes tauen sie plötzlich sofort auf."

Mein Mund blieb offenstehen, und ein Stück Käse fiel heraus. Ich versuchte, es aufzufangen, und verfehlte es. „Hey! Was hat das denn damit zu tun?"

„Oh, nichts", sagte er, und seine Stimme wurde dunkler. „Nur, dass immer klarer wird, dass nie sie das Problem waren. Es ist ihr Sohn, der Versager. Freut mich wirklich, dass ich jetzt Klarheit habe."

Ich suchte nach Worten. Er tat mir leid, trotz seines Seitenhiebs gegen Fünfte Winde. „Ich glaube nicht, dass es so ist, Donovan. Und es tut mir leid, dass du verletzt bist, aber —"

Alle Anzeichen von Schmerz verschwanden aus seinem Gesicht, ersetzt durch ein aalglattes Lächeln. „Ich bin nicht verletzt. Ich bin *nie* verletzt. Du kannst dir dein Mitleid sparen. Könnte deinen *Spa-Tag* ruinieren."

„Jetzt bist du einfach nur ein Arsch", schnaubte ich und schloss die Finger so fest um mein in Papier gewickeltes Sandwich, dass ich spürte, wie ich es zerquetschte.

Er hob abwehrend die Hände. „Du wusstest, worauf du dich einlässt."

„Fänge und Klauen! Können wir ein bisschen zurückspulen? Wir hatten einen schönen kleinen Spaziergang, und dann – weiß ich nicht, was passiert ist, aber jetzt hast du komplett dichtgemacht und" – ich hob mein Sandwich hoch – „ich habe mein Mittagessen zu Brei gemacht."

Er nickte, und ich dachte, er wäre meiner Meinung. Denn alles, was zwei Leute brauchten, um mit dem Streiten aufzuhören, war, dass beide zustimmten, aufzuhören.

Aber dann sagte er: „Ja. Ich hab' schon wieder jemandem

das Essen versaut. Toll! Gute Arbeit, Donovan, hast es wieder geschafft."

Mein Mund stand offen, und ich blinzelte und versuchte zu begreifen, wo er gerade mit seinen Gedanken war. „Ich versuche nicht, dir die Schuld zu geben."

Als er mir den Rücken zuwandte, sagte er: „Weißt du, es ist wahrscheinlich besser, wenn du gehst, solange du noch kannst."

„Willst du ... mit mir Schluss machen?"

Er rief über die Schulter: „Nein!" Und dann ging er.

Malavics Andeutungen über Donovan drängten sich in den Vordergrund. Hatte Donovan wirklich das ganze Debakel mit dem Portal in den Deadwoods inszeniert? Wenn er sich so verhielt, schien es nicht vollkommen unmöglich ...

Nein. Ich weigerte mich, das zu glauben.

Oder?

Ich sah mich um und bemerkte eine kleine Gruppe von Leuten, die im Park zu Mittag aßen und unter den Wollkapuzen ihrer Mäntel zu mir herüber starrten. Ich begegnete dem Blick einer von ihnen, einer netten Faun-Frau, die jede Woche Trockenwaren ins Medium Rare lieferte, und sie zuckte mit den Schultern, als wüsste sie auch nicht, was gerade passiert war.

Ich warf mein matschiges Sandwich in den nächsten Mülleimer – ich hatte sowieso keinen Appetit mehr – und beschloss, dass ich genauso gut zum ersten Stopp unseres Mädels-Tages gehen konnte.

Entspannung wäre schön nach ... was auch immer das gerade gewesen war. Ich wusste, dass Donovans Familie ein Trigger für ihn war, aber ich hatte nicht geahnt, wie leicht. Ich würde das wahrscheinlich nie ganz nachvollziehen können, da ich keine eigene Erfahrung hatte.

Vielleicht musste er einfach Dampf ablassen. Er wird sich später entschuldigen. Wenigstens hat er nicht Schluss gemacht.

Nur, dass der Gedanke eine eigene Frage aufwarf. Hatte ich gerade zugegeben, dass wir zusammen waren, indem ich gefragt hatte, ob er Schluss machen wollte?

Nein, sicher hatte er verstanden, was ich meinte.

Ach ja? Genau wie er alles andere genauso verstanden hat, wie du gemeint hast?

Das stimmte. Er hatte immer behauptet, er verstehe mich besser als jeder andere, dass wir einander so ähnlich wären. Aber in letzter Zeit fühlte es sich an, würden wir unterschiedliche Sprachen sprechen. Ich schätze, nicht jeder war so gut darin, dem anderen im Zweifel einen Vertrauensvorschuss zu gewähren wie Tann –

Nein. Denk' das nicht einmal.

Aber trotzdem, der Gedanke an Tanner ließ mein Inneres schmerzen, und mir wurde klar, dass ich gerade nichts mehr wollte, als seine Arme um mich zu spüren, ihn sagen zu hören, ich solle mir keine Sorgen machen, dass er an mich glaubte, dass er mich liebte.

Wollte ich das nur so sehr, weil es das Eine war, das ich *nicht* haben konnte?

Falls Sie es noch nicht gemerkt haben: Das ist mein Ding. Vielleicht war es einfach das. Es fiel mir nicht schwer, mich zu erinnern, wie sehr ich Donovan gewollt hatte, als ich noch Tanner hatte.

Will ich Donovan immer noch?

Oh ja. Natürlich. Sehen Sie sich den Typen an! Und wenn er nicht gerade schlechte Laune hatte, war er unterhaltsam. Sobald wir diese Familienkiste hinter uns hatten, würde ich ihm zeigen, wie sehr ich ihn wollte. Ich musste aufhören, mich da reinzusteigern. Es musste nicht so kompliziert sein.

Und glücklicherweise hatte ich genau das Richtige vor, um alle Männer und Morde zu vergessen und einfach zu entspannen.

Ich blieb vor dem Wasserfall-Eingang des Atlantis Day Spa stehen. Als Serena den Brief mit dem Plan für heute geschickt hatte, hatte ich mich zuerst gefragt, ob das ein kranker Witz war, ob sie vielleicht von meinen ersten Monaten in Eastwind gehört hatte und mir einen Streich spielen wollte. Denn unseren Spa-Tag am Arbeitsplatz von zwei Mördern zu planen, an deren Festnahme ich beteiligt gewesen war, war so ziemlich der beste Ansatz dafür.

Aber dann war mir bewusst geworden, dass ich das nur selbstbezogen gesehen hatte. Das Atlantis Day Spa war purer Luxus für jeden, der nicht fast darin von einer Nixe ertränkt worden war. Und unser nächster Stopp danach, Echo's Salon, beschäftigte keine mörderische Xana mehr, die ihren Spaß daran hatte, Leute mit ihrem Gesang in den Wahnsinn zu treiben.

Außerdem brauchte ich einen Haarschnitt, also konnte ich das tun und die Maniküre auslassen, da sie bei der Arbeit im Medium Rare sowieso keinen ganzen Tag überleben würde.

Ich überlegte, drinnen zu warten. Es war ein sonniger Tag, aber immer noch kalt. Doch ich hatte keine Eile, reinzugehen. Ich fragte mich, ob Aeldoran noch dort arbeitete. Der Elf hatte mich von Anfang an nicht gemocht, und ich bezweifelte, dass sich das geändert hatte, nachdem ich eine seiner Kolleginnen ins Ironhelm Penitentiary geschickt hatte.

„Nora!"

Ich drehte mich zu der Stimme um. „Hey, Serena. Hallo, Mrs. Stringfellow."

„Oh, Jasmine, bitte", erwiderte sie.

„Sind wir spät dran?", fragte Serena, und Sorge zog den Anflug einer Falte zwischen ihre Brauen. Sie warf einen Blick auf die Uhr an ihrem Handgelenk. Das Band sah aus wie geflochtene Ranken (und konnte tatsächlich aus welchen gemacht gewesen sein). Es war immer seltsam, kleine Dinge wie Armbanduhren zu sehen, die mich daran erinnerten, dass niemand Handys hatte, die man checken konnte. Ich vermutete, dass Serenas Uhr mechanisch war – Elfen waren stolz auf ihre Zeitmesser.

„Nein, ich war einfach früh dran. Ich, äh, weiß nicht wirklich, was ich mit mir anfangen soll, wenn ich nicht arbeite." Es war besser, Donovan bei diesen beiden gar nicht erst zu erwähnen, geschweige denn, unseren schönen Spaziergang, der in einem Streit geendet hatte.

Serena lachte. „Ich würde nicht wissen, was ich mit mir anfangen sollte, wenn ich arbeiten müsste."

„Warte", sagte ich und folgte ihr durch den Wasserfall (ich erschauderte, als seine Magie über mich prickelte), „wie meinst du das?"

„Ach, nur, dass ich nie arbeiten musste. Na ja, ich schätze, die Uni war ein bisschen wie ein Job."

Meine Augen flackerten zu Jasmine, und ich fragte mich, ob sie das auch absurd fand. Die Hexe blinzelte allerdings nicht einmal.

Da ich wusste, dass ich keine Solidarität bekommen würde, verzichtete ich darauf, zu brüllen: *„Dein Verlobter bettelt andere um Geld an und du bietest nicht einmal an, einen Job anzunehmen, um zu helfen?!"*

Sie schien sich nicht im Geringsten dafür zu schämen. Sie warf sich einfach die langen Haare über die Schulter und begrüßte Aeldoran, als er auf uns zukam. Der eingebildete Elf sah mich nicht sofort, was ich an seinem sorglosen Lächeln bemerkte. Er begrüßte die andere Elfe wie eine alte Freundin, obwohl sie einander unmöglich kennen konnten. Und als sein Blick dann schließlich auf mich fiel, zuckte eines seiner Augen. Er blickte zurück zu Serena, dann zu mir, dann wieder zu ihr. „Bist du mit ihr hier?"

„Ja-ha!", trällerte Serena fröhlich.

Ich spürte, dass Jasmine mich musterte. Sie versuchte, die Puzzleteile zusammenzusetzen. Ich ersparte ihr die Mühe kurz darauf, als wir alle in Badeanzügen im heißen Quellwasser der Höhle neben dem vorderen Sitzbereich saßen.

Ich atmete den Dampf ein und genoss, dass er nicht nach Chlor stank wie ein Whirlpool. Ich nickte in Aeldorans Richtung in der Ferne. „Wir kennen uns schon ewig", sagte ich. Vielleicht war es das warme Wasser, das meine Muskeln entspannte, aber plötzlich sah ich keinen Grund, warum ich nicht komplett ehrlich über meine Vergangenheit mit diesem Ort sein konnte.

„Ach ja?", fragte Serena. „Hast du hier gearbeitet?"

„Nein ..." Ich zögerte, als ich den scharfen Blick auf Jasmines Gesicht sah. Hatte sie davon in der Zeitung gelesen? Hatte sie schon irgendeine verdrehte Vorstellung davon, was passiert war? Hatte sie sich schon eine Meinung gebildet, basierend auf der wie auch immer voreingenommenen Darstellung in der *Eastwind Watch*? „Eine der früheren Angestellten hat einen Werwolf in Hightower Gardens ermordet und versucht, es wie Selbstmord aussehen zu lassen. Sein Geist hat mich um Hilfe gebeten, und ich habe die Mörderin bis hierher verfolgt."

Es gab keine Menge heißes Wasser oder ätherische Öle, die mich den Rest der Geschichte ausgraben lassen würden – dass ich fast ertrunken wäre und nur knapp entkommen war.

Jasmine meldete sich schließlich zu Wort. „Und wo waren die echten Behörden? Am Schlafen?"

Der Ton gefiel mir gar nicht. Zugegeben, ich musste oft für Stu einspringen, aber ich würde sie gern mal dabei sehen, wie sie versuchte, diese ganze verrückte Stadt allein im Griff zu halten. „Deputy Manchester hat draußen gelauert. Er hat sich auf sie gestürzt und sie verhaftet. Er hat mir das Leben gerettet."

Serena nickte und sah mich mit großen Augen an. „Wie viele Deputys hat diese Stadt?"

Ich schluckte schwer. „Jetzt nur noch einen."

„*Jetzt?*"

Ich wich Jasmines Blick aus. „Es waren zwei, aber einer ist weg."

Jasmine machte ein trauriges, schnalzendes Geräusch, und ich konnte nicht anders, als sie anzusehen. Aber sie starrte Serena an. „So traurig. Tanner Culpepper. Er war Donovans bester Freund seit Kindertagen. Der arme Junge hatte das schlimmste Pech. Hat sich geopfert, um die Stadt zu retten." Und jetzt sah sie mich an. „Und er war dein Verlobter, nicht wahr?"

Serena keuchte, eine Hand schoss aus dem Wasser, um ihren Mund zu bedecken.

„Noch nicht", sagte ich. „Ich meine, nein. Er war nur mein Freund." *Und der erste Mann, den ich wirklich geliebt habe.*

„Tut mir *so* leid, Nora", sagte Serena, und ich zwang ein Lächeln in mein Gesicht.

„Danke. Es ist Monate her, seit das passiert ist."

„Nur Monate?"

Autsch! Ich wusste, was sie wirklich meinte. Nur Monate und du datest schon wieder jemanden? Und dann auch noch seinen besten Freund?

„Na ja, er ist ja nicht tot."

„Oh", sagte die Elfe und sah plötzlich verwirrt aus.

„Er musste durch ein Portal in meine alte Welt. Er lebt noch, er kann nur nicht zurückkommen."

Die Erklärung schien sie noch mehr zu verunsichern.

Jasmine mischte sich ein. „Das muss doch in Avalon in den Nachrichten gewesen sein, oder? Es gab eine große Schlacht. Hans und ich haben beschlossen, über die Halloween-Kirmes zu Hause zu bleiben, also haben wir sie verpasst, aber ich habe den Schaden am nächsten Tag gesehen, und der war ziemlich katastrophal."

„Ich lese keine Nachrichten", sagte Serena – zu niemandes Überraschung. „Aber das hört sich gruselig an."

„War es auch", sagte Jasmine.

War es auch?! Sie war nicht mal dabei gewesen! Ich hatte gedacht, ganz Eastwind war auf der Halloween-Kirmes, dass der Sinn des Ganzen war, die Stadt am furchterregendsten und verrücktesten Tag des Jahres zusammenkommen zu lassen. Aber anscheinend waren sich Mr. und Mrs. Stringfellow zu fein, um sich mit dem gemeinen Volk abzugeben, aus welchem Grund auch immer. Und sie hatte das Eastwind Emporium *bis zum nächsten Tag* nicht einmal besucht?

Ich begann, Donovans Verbitterung zu verstehen. Oder vielleicht hatte er mich damit angesteckt. War Abneigung ansteckend?

Ich schloss die Augen, konzentrierte mich auf meine Muskeln, isolierte jede Gruppe und versuchte, sie zur Entspannung zu zwingen. Wer konnte schon wissen, wann mein nächster Spa-Tag sein würde ... oder ob ich je wieder Zeit dafür finden würde. Kein Grund, mir das von jemandem verderben zu lassen. Ich war erwachsen, und ich konnte wählen, wie ich auf andere reagierte.

„Ich habe versucht, Donovan zu überreden, diesen Barkee-perjob aufzugeben" – sie sagte es wie ein schmutziges Wort – „und sich um die offene Stelle beim Sheriff zu bewerben, aber er weigert sich." Jasmine seufzte. „Wahrscheinlich besser so. Er war nie besonders mutig."

Ich riss meine Augen weit auf und setzte mich aufrechter an die glatte Steinwand. „Mit Verlaub, da muss ich widerspre-chen", sagte ich und hoffte, nicht bockig zu klingen. „Er ist mit mir in die Deadwoods gegangen, um einen Dämon aufzuhal-ten. Ich habe ihn nicht einmal darum gebeten. Er hat mich einfach nicht allein gehen lassen. Wenn es nicht mutig ist, in die Deadwoods zu gehen – mit nichts als einer Hexe des Fünften Windes und einem Grim –, dann weiß ich nicht, was."

„Töricht vielleicht", sagte Jasmine und lachte. „Ach, komm schon. Du weißt, dass er schon ewig auf dich steht. Er war immer scharf auf Tanners Mädchen."

Ich hatte keine Antwort darauf. Oder vielleicht zu viele, aber keine davon passend für die ruhige Atmosphäre hier.

Ich musste Serena zugutehalten, dass die grausame Bemerkung bei ihr auch Unbehagen auslöste, und sie fragte: „Gibt's hier was zu trinken?"

„Ja", sagte ich schnell. „Sie haben Funkelbeeren-Wasser. Ich hole uns welches."

Während ich drei Becher füllte, nickte ich Aeldoran zu, um seine Aufmerksamkeit auf mich zu ziehen. „Die werden langsam ungeduldig. Wir sollten mit den Massagen anfangen. Die sind jeweils in privaten Räumen, oder?"

Er nickte.

„Perfekt."

Kapitel Vierzehn

Die Massage nach unserem Bad war jeden Penny wert, und am Ende fühlte ich mich deutlich weniger aufgewühlt von Jasmines bitteren Worten. Und weniger aufgewühlt über alles – Kriege, Hungersnöte, schlechte Trinkgeldgeber.

Ich war eine neue Frau. Und dass meine Massage in einem separaten Raum stattfand, hatte ein bisschen damit zu tun, gebe ich zu.

Ich war auch besonders froh über meine Entscheidung, mir die Haare schneiden zu lassen, anstatt mit Serena und Jasmine am Maniküre-Tisch zu sitzen, als wir den Block hinauf zu Echo's Salon gingen. Während ich die Stylistin im Zaum hielt („Nein, nur die Spitzen. Ernsthaft!"), plauderten die beiden auf eine Art und Weise, die mir klarmachte, dass Jasmine wenigstens *Leonardos* Wahl guthieß.

Nein, ich war nicht verbittert. Überhaupt nicht.

„Ganz sicher, dass du sie nicht färben lassen willst?", fragte die Stylistin – oh, ich weiß nicht – zum fünfzehnten Mal? Sie war eine etwas abgedrehte Hexe mit magentafarbenen Haaren, die mein Vertrauen in ihre Fähigkeiten beim Färben so ziemlich komplett zerstört hätten, wenn ich überhaupt welches gehabt hätte.

„Ich bin mir sicher, dass ich sie nicht färben lassen will", sagte ich. „Der Schnitt reicht mir. Danke."

Es war ein guter Schnitt, aber ich war ja auch nicht sehr wählerisch. Weg mit den gespaltenen Spitzen, dann ein paar Stufen für Volumen, damit ich nicht wie ein nasser Grim aussah.

„Ich meine ja nur", fuhr sie fort, „da sind schon ein paar Graue ... sichtbar."

„Ja", sagte ich. „Und ich habe mir jedes Einzelne verdient." Und nach ihrem ganzen Generve war ich mir ziemlich sicher, dass in der letzten Stunde ein paar neue dazugekommen waren.

Echo Chambers lag in einem überdimensionierten Sessel am Fenster und tat nichts außer an einem Citrus Blast zu nippen und dabei zuzusehen, wie seine Angestellten ihm Geld einbrachten. Ich schätze, Leute anzuheuern, die ihn mit Palmwedeln zufächelten, lag nicht im Budget des Satyrs.

„Oh nein", sagte Ladavian hinter der Theke. „Das ist schon bezahlt. Sie hat es übernommen." Er nickte in Richtung der Maniküretische, und ich beugte mich über den Tresen und fragte leise: „Wer? Die Hexe oder die Elfe?"

„Die Elfe."

Ich trat zurück und versuchte, das zu verarbeiten. Jasmine hatte den Spa-Besuch bezahlt, was großzügig und ein bisschen nervig war (ich verdiente gutes Geld und gab es fast nie aus, also konnte ich es mir leisten). Aber wie hatte Serena das hier bezahlt, wenn sie und Leonardo knapp bei Kasse waren? Hatten sie getrennte Konten, und sie weigerte sich einfach, ihr Geld für bestimmte Dinge anzutasten? Oder war das auf Pump?

Letzteres schien unwahrscheinlich, da es in Eastwind keine

Kreditkarten gab. Es war eher ein Ehrensystem. Manche Läden führten Konten, aber nur für Leute, die man im Notfall aufspüren konnte. Ich konnte mir nicht vorstellen, dass irgendwer – vor allem nicht Echo Chambers – jemandem von außerhalb erlaubte, auf Kredit Dienstleistungen zu erwerben.

Hier stimmte was nicht.

„Hey", sagte ich und unterbrach vorsichtig Serena und Jasmines Gespräch. Ihre Hände lagen noch auf dem Tisch, während zwei Goblins auf jedem Nagel aufwendige Bilder malten – Jasmine hatte ein Unterwasser-Thema mit Delfinen und einer winzigen Schildkröte gewählt, während Serenas Nägel wie ein dichter Wald mit kleinen Waldtieren aussahen, die auf jedem Nagel herumtollten. Die Details waren atemberaubend, aber ich konnte mich nicht damit auseinandersetzen.

Die Frauen blickten auf und lächelten.

„Vielen Dank für das –"

„Oh, Nora!", quietschte Serena. „Deine Haare sehen toll aus!"

„Danke." Sie übertrieb; ich hatte die Spitzen höchstens einen Zentimeter trimmen und ein paar dezente Stufen schneiden lassen.

Was? In meinem Leben gibt es genug Unerwartetes, ohne dass ich irgendwas Drastisches mit meinen Haaren versuche!

„Und danke, dass du die Rechnung übernommen hast", fügte ich hinzu. „Das hättest du wirklich nicht tun müssen. Ich verdiene gutes Geld" – und ich konnte nicht widerstehen hinzuzufügen – „mit meinem Job."

„Ach bitte. Das habe ich gern gemacht. Ich bin einfach so aufgeregt, endlich Eastwind zu besuchen, und ich weiß, dass du hart an dem Fall arbeitest. Jemand sollte dich mal ein bisschen verwöhnen."

„Ich dachte, du würdest sie dir färben lassen", sagte Jasmine.

Ich atmete tief ein und aus und ließ den Sarkasmus los. *Lass gut sein, Nora.* „Nein. Wie ich der Friseurin gesagt habe, habe ich mir jedes einzelne graue Haar verdient."

Oops! Ich hätte wohl mehr Sarkasmus ausatmen sollen.

„Wie ich sehe trittst du in mehr als einer Hinsicht in Ruby Trues Fußstapfen", sagte Jasmine und lächelte herablassend.

Ich wusste nicht wirklich, wie es sich anfühlte, wenn jemand meine Mutter beleidigte, aber ich vermutete, dass es sich genau so anfühlte. Verspottete sie Ruby wegen ihrer grauen Haare? Ich versuchte, mir die alte Hexe des Fünften Windes mit gefärbten Haaren vorzustellen, und ich konnte nicht mal raten, welche Farbe ihr Haar gehabt hatte, bevor es weiß geworden war. Ruby als Blondine oder Brünette oder Rothaarige schien absolut lächerlich. Ich liebte Rubys wallende silberne Mähne. „Ich denke einfach, nicht zu leugnen, dass wir irgendwann alt werden und sterben, gehört eben dazu, wenn man eine Hexe des Fünften Windes ist. Jedenfalls sollte ich im Medium Rare vorbeischauen. Nochmal danke für den schönen Tag. Genießt eure Maniküre!"

Da sie mit ihren Händen beschäftigt waren, ersparte mir das die unangenehme Möglichkeit von Umarmungen, obwohl ich mir nicht sicher war, ob sie das nach allem überhaupt versucht hätten.

Auch wenn ich meinen Standpunkt verteidigt hatte, fühlte ich mich nicht gerade siegreich, als ich in der Dämmerung in die kühle Luft hinaus trat, und hielt inne, um ein paarmal tief durchzuatmen. Wie viele Stunden hatte ich für diesen Spa-Tag verschwendet? Ich dachte an all die anderen produktiveren Dinge, die ich an meinem freien Tag hätte machen können. Große Überraschung: Es trug nicht zu meiner Stimmung bei.

Ich hatte plötzlich den Impuls, direkt zu Franco's Pizza zu gehen, denn ich wusste, dass Donovan gerade arbeitete, und ihm zu sagen, dass ich ihn jetzt vollkommen verstand. Ich hatte gerade die letzten vier Stunden mit seiner Mutter verbracht – unter den entspannendsten Umständen, die man sich vorstellen konnte – und trotzdem war ich genervt und aufgedreht.

Der arme Kerl hatte die ersten achtzehn Jahre seines Lebens mit ihr verbracht und ihre spitzen Bemerkungen und subtilen Gemeinheiten ertragen müssen. Ich erschauderte, aber ich war mir nicht sicher, ob es von der Kälte kam oder vom Gedanken an die Trostlosigkeit, in einem solchen Haus aufzuwachsen. Meine Tante war schrecklich zu mir gewesen, aber wenigstens war sie direkt. Sie hatte es nie auf eine Weise getan, die ihr erlaubt hätte, ihre Grausamkeit zu leugnen – nicht, dass ihr das wichtig gewesen wäre.

Und das Schlimmste war, dass, wie Jasmine mich behandelt hatte, direkt damit zu tun zu haben schien, dass ich mit ihrem Sohn zusammen war. Sie war nett genug zu mir gewesen, als ich Tanners Freundin gewesen war. Aber jetzt ... hatte ich ihren Respekt durch meine Beziehung zu ihrem Sohn verloren. Niemand verdiente diese Art von Verachtung von seiner Mutter. Niemand.

Ich entspannte bewusst meine Fäuste und blickte von dem gesprungenen Stein auf der Straße auf, den ich angestarrt hatte. Eine Bewegung gegenüber erregte meine Aufmerksamkeit, genau da im Schatten zwischen einem gehobenen Möbelgeschäft und einem Käseladen. Ich erkannte die Gestalt sofort. Es war dieselbe, die ich draußen vor dem *Ram's Head Inn* gesehen hatte. Wer war das und warum beobachtete er mich?

Die Angst, die mich beim ersten Mal überwältigt hatte, war diesmal nur Treibstoff für meine wachsende Empörung.

Ich marschierte schon auf ihn zu, bevor mir klar wurde, dass meine Füße sich bewegten. „Hey!", rief ich, absolut in Stimmung für eine gute Prügelei. Er drehte sich um und zog sich tiefer in den Schatten zurück. „Hey!", rief ich wieder und folgte ihm.

Als er um die Ecke bog, passierte er einen kleinen Streifen Licht – genug, um zu sehen, dass er pechschwarze Haare hatte, aber nicht genug, um sein Gesicht zu erkennen.

Sein Gang war ungelenk, ein bisschen steif, aber eindeutig männlich. Ich musste das beim ersten Mal unbewusst erkannt haben, denn ich hatte die Gestalt seither als Mann abgespeichert. „Ich will nur mit dir reden!", log ich, während ich mir schon vorstellte, einen rechten Haken auf seinem dummen Kinn zu landen. Das hatte er verdient, nachdem er mich nicht einmal, sondern zweimal aus dem Schatten beobachtet hatte.

Mir kam durchaus in den Sinn, dass das, was ich tat, extrem gefährlich war. Aber ehrlich gesagt war das Teil des Reizes, wenn ich so wütend war wie gerade.

Noch eine Ecke, dann würde ich ihn an einem Zaun in der Falle haben. Nur zwanzig Meter vor mir stand genau die Gefahr, die ich suchte ... und mehr. Eine mysteriöse Person zu jagen ist viel weniger gefährlich, als eine mysteriöse Person in die Enge zu treiben. Leute machen dumme Sachen, wenn sie in die Enge getrieben werden.

Also, ja, ich hatte das wirklich nicht durchdacht.

Ich hielt Abstand. „Ich will nur wissen, warum du mir folgst."

Die Antwort war nicht ganz das, was ich erwartet hatte.

Der Mann gurgelte.

Igitt.

Und dann – viel schlimmer noch – stürmte er los.

„Zwanzig Zacken!" Ich sprang gerade noch rechtzeitig zur Seite, und sein Schwung beim Angriff trug ihn an mir vorbei ...

... und direkt in einen Lichtstreifen, der aus einem der hinteren Fenster des Ladens fiel.

Was. Zum. Höllenhund?

Giovanni Stringfellow, möge er in Frieden ruhen, starrte vom Boden zu mir auf, seine Pupillen so groß, dass seine Augen wie schwarze Löcher wirkten. Einen Moment lang starrten wir einander nur an. Sein Gesichtsausdruck zeigte ungefähr so viel Emotion wie ein altes T-Shirt.

„Giovanni? Wie ...“ Dann begriff ich, und ich starrte in seine leeren Augen. „Wer bist du? Wer ist das am anderen Ende?“

Aber der tote Mann rappelte sich nur auf und rannte mit dieser schockierenden Geschwindigkeit davon, und ich stand mit offenem Mund da. Alle Haare an meinen Armen waren aufgerichtet und drückten gegen die Ärmel meines Mantels, als wollten sie davonlaufen.

Unser schrecklicher Verdacht war richtig gewesen: Es gab einen weiteren Fünften Wind in der Stadt.

Aber ich hatte keine Ahnung, wer er oder sie war und warum er gekommen war. Ich hatte keine Ahnung von irgendwas, außer, dass es eine gute Idee war, meinen Hintern schleunigst zurück zu Ruby zu schwingen und nicht zurückzuschauen.

Kapitel Fünfzehn

„Ich schätze, jetzt wissen wir, wohin die Leiche verschwunden ist", seufzte Ruby. Sie zog eine Reihe kleiner Kästchen aus einer Truhe neben dem Kamin und stellte sie auf den Tisch im Salon.

„Wir sollten Stu Bescheid geben", sagte ich.

„Oh, das machen wir, aber eins nach dem anderen. Da draußen läuft eine Hexe des Fünften Windes herum, die es anscheinend auf dich abgesehen hat." Sie hielt beim Kartenmischen inne und runzelte die Stirn. „Und du bist dir sicher, dass es ein Höllenhund war?"

Erst als der Schock über die Begegnung mit Giovanni nachließ (unterstützt durch eines von Rubys starken Gebräuen), fiel mir wieder das Riesending ein, das ich vor zwei Tagen im Durchgang neben dem *Ram's Head Inn* gesehen hatte, auf dem Heimweg vom Medium Rare. Ohne den zusätzlichen Kontext war es leicht gewesen, es abzutun, aber jetzt schien es viel wahrscheinlicher, dass ich es mir nicht nur eingebildet hatte.

„Höllenhund oder Grim, ja."

Sie nickte. „Aus der Entfernung ist es wohl unmöglich, den Unterschied zu erkennen. Oder auch aus der Nähe." Sie warf einen Blick über die Schulter zu Grim, der auf dem Teppich vor dem Kamin schnarchte. „Und ich nehme an, du hast keinen Blick auf seine, äh ...“

Sie ließ die Frage in der Luft hängen, bis ich begriff, was sie unausgesprochen ließ. „Was? Oh! Nein. Ich war nicht nah genug dran, um zu sehen, ob es ein Rüde oder ein Weibchen war.“

„Schade. Das hätte ein wichtiger Hinweis auf das Geschlecht der Hexe des Fünften Windes sein können, mit der wir es zu tun haben.“

„Aber das trifft nicht immer zu“, sagte ich. Normalerweise hatten Hexen und ihre Vertrauten nicht dasselbe Geschlecht, aber es gab Ausnahmen, wie bei Donovan und Eva.

„Nicht immer, aber meistens. Und es geht weniger um Anatomie als um Energie, das Yin und das Yang.“

Darüber hatte ich noch nie nachgedacht. Aber dann fielen mir Grims häufige Beschwerden über Gustav, Donovans Vertrauten, ein, und die Zimperlichkeit der Katze. Und Evas Berglöwen-Vertraute Zola hatte eine Horde Höllenhunde angegriffen, ohne mit der Wimper zu zucken. Aber das hatte auch Landons Vertraute Hera, ein Luchs, getan. Das ergab einen Sinn. Landon selbst war nicht das, was man traditionell „männlich“ nennen würde – erst zuschlagen, dann denken und so –, aber wenn Hera auch nur einen Hauch rohes Fleisch in die Fänge bekam, konnte sie ernsthaften Schaden anrichten.

Ruby fuhr fort: „Ich würde im Moment jeden noch so kleinen Hinweis akzeptieren. Ich bin sicher, Manchester und Sheriff Bloom werden dasselbe denken, sobald wir sie auf den neuesten Stand bringen.“

„Und wann haben wir vor, das zu tun?“

„Bald. Aber zuerst haben du und ich neuen Lehrstoff durchzunehmen. Ich hatte gehofft, dass wir das Thema erst in ein paar Jahren anpacken würden, aber … na ja, ich wäre eine Närrin, dich schutzlos herumschnüffeln zu lassen.“

„Und was genau machen wir?“, fragte ich, beugte mich vor und spähte in eines der Kästchen, als sie den Deckel abnahm. „Süßes Baby-Jackalope! Warum bewahrst du all diese toten Grillen auf?“

Aus irgendeinem Grund dachte ich sofort, ich müsste sie essen. Aber was sie vorhatte, stellte sich als noch seltsamer heraus.

„Warum wohl? Wir werden sie wiederbeleben.“

Ich stöhnte.

„*Warum fühlt sich das an wie der Anfang jedes Alptraums, den ich je hatte?*“, fragte Grim vom Boden aus.

Ruby schnalzte mit der Zunge. „Ach, so schlimm ist es nicht, Liebes. Ja, es ist am Anfang ein bisschen seltsam, und es wird – oder *sollte* zumindest – eine starke Stimme in dir geben, die dich anschreit, weil du etwas so Unnatürliches und potentiell Katastrophales tust. Aber ich habe keinen Zweifel, dass du diese Stimme ohne allzu große Mühe zum Schweigen bringen kannst. Zumindest sagt mir deine Vergangenheit das. So.“ Sie stellte drei steife Grillen auf den Tisch. „Es könnte dir tatsächlich helfen, deinen Zauberstab dafür zu benutzen.“

„Was? Soll ich einfach auf sie einstechen?“

„Nein. Na ja, so ähnlich.“

Ich fischte ihn aus meinem Mantel an der Tür, kam zurück und hielt ihn vor mich wie einen Degen.

„Vorsicht, wohin du damit zielst“, warnte sie und drückte meine Hand sanft herunter, damit der Stab nicht direkt durch den Raum auf Clifford zeigte. „Sieh mir erst einmal zu.“

Sie holte ihren Zauberstab aus der Schublade, in der sie ihn normalerweise aufbewahrte, und stellte sich direkt vor die Grillen. Sie zielte auf eines der Insekten und schloss die Augen.

„Die Theorie ist einfach. Du musst dir vorstellen, dass sie lebt und du sie bist."

„Ich muss mir vorstellen, dass ich eine Grille bin?"

Sie öffnete ein Lid. „Ist das zu viel verlangt? Du kannst dir vorstellen, eine Geschäftsinhaberin zu sein, ein Geist, der durch mehrere Leben gereist ist, eine Hexe, aber du kannst dir nicht vorstellen, eine einfache Grille zu sein?"

„Schon gut, schon gut", sagte ich und verzog das Gesicht.

Sie rollte die Schultern, um sie zu lockern, und atmete tief ein. „Sobald du deine Aufmerksamkeit von deiner eigenen Perspektive auf die der Grille verlagern kannst, musst du dir vorstellen, wie dein Körper erwacht – nur, dass es nicht mehr deiner ist, oder?"

Sie führte mich Schritt für Schritt durch ihre Vorgehensweise, bis ich schließlich sah, wie einer der Fühler einer Grille minimal zuckte. Ich starrte gebannt auf sie und wusste, dass ich gleich eine tote Grille wieder zum Leben erwachen und vom Tisch hüpfen sehen würde.

Nur, dass es nicht ganz so ablief. Stattdessen fielen alle Beine der Grille einfach ab, und der beinlose Körper rollte auf die Seite.

„Hoppla!", sagte Ruby und öffnete die Augen. „Na ja, da hast du's! Das Ding war zu lange tot. Total ausgetrocknet. Kein Spiel mehr in den Gelenken. Aber das ist eine wichtige Lektion. Am besten eignet sich eine frische Leiche, um sie zu übernehmen. Offensichtlich wusste unsere mysteriöse Hexe des Fünften Windes das. Aber ich vermute, der alte Giovanni hält nicht mehr lange durch. Er kämpft wahrscheinlich gerade gegen eine furchtbare Leichenstarre. Nekromantie kann die Gewebe und Gelenke durch Gebrauch locker halten, aber der Griff des Todes um die körperliche Form wird schließlich stärker und das tun, was mit der Grille passiert ist."

„Also, sobald jemand eine Weile tot ist, zerreißt es ihm

beim Wiederbeleben die Glieder?" Nicht der schönste meiner heutigen Gedanken.

„Es sei denn, der Anwender kennt ein paar weitere Tricks, die ich dir oder irgendwem sonst definitiv nicht beibringen werde. Wir haben schon die Grenze zur Todesmagie über-schritten, die normalerweise niemandem nützt."

Ich hielt inne, unsicher, ob ich es ansprechen sollte oder ob ich mir nur eine Standpauke einhandeln würde.

Oh Mann, war ich wirklich dreiunddreißig und hatte immer noch Angst vor Standpauken? Sah ganz so aus.

„Erinnerst du dich an ... Roland?"

Rubys linke Braue hob sich ein wenig. „Deinen sexy irischen Hausgast? Wie könnte ich den vergessen?"

„Ich konnte ihn irgendwie ... wieder körperlich machen, obwohl er nur ein Geist war und sein Leichnam, soweit ich weiß, nicht einmal in diesem Reich ist. Und selbst wenn, wäre er längst verwest. Was genau war ..." Aber Ruby kicherte schon. „Was? Was ist so lustig?"

„Du redest von *erotischer* Magie, Liebes. Das ist ein ganzer Zweig von Magie des Fünften Windes, den wir noch nicht erkundet haben. Und wenn dieses Universum ein gutes ist, bin ich längst tot, bevor wir dazu kommen. Aber ja, ich glaube, du hättest ihn damit vollständig und dauerhaft zurückholen können. Zumindest laut den Geschichten, die ich gelesen habe."

Ich kniff die Augen zusammen. „Was für Bücher liest du den ganzen Tag in deinem Sessel?"

Sie zuckte unschuldig mit den Schultern. „Was immer mich interessiert. Darf man sich nicht auch mal ab und zu was gönnen? Außerdem ist es genau genommen berufliche Recher-che." Sie hob das Kinn, als forderte sie mich heraus, ihre Lese-gewohnheiten nochmal infrage zu stellen. Aber das würde ich nicht (obwohl ich mir später vielleicht ein oder zwei Bücher aus ihrem Regal ausleihen würde).

„Jedenfalls", fuhr sie fort, „glaube ich nicht, dass die Magie, die du bei deinem traumhaften Liebhaber angewendet hast, bei einer Grille funktioniert. Oder besser: Ich würde aufrichtig hoffen, dass sie nicht funktioniert."

Ich verdrehte die Augen. „Okay. Zurück zum Punkt. Wie soll mir das alles helfen, wenn es um den toten Mann da draußen geht?"

„Ah ja. Es gibt drei Wege, dich gegen eine durch Nekromantie kontrollierte Leiche zu verteidigen. Der erste ist eine Reihe von Schutzzaubern, die man zum Beispiel auf der Mancer Academy lernt. Und das setzt voraus, dass die Person richtige Magie wirken kann."

„Also ... nicht ich."

„Genau. Der zweite Weg ist, den Toten körperlich zu überwältigen, was für jemanden wie Ansel oder Darius Pine oder, zum Zauber nochmal, sogar Jane funktionieren könnte, aber –"

„Wieder nicht für mich."

„Bingo. Der letzte Weg ist allerdings einer, der für dich funktioniert: das Gefäß zurückerobern und die Kontrolle von demjenigen stehlen, der es gerade steuert. Dann sagst du dem Knochensack einfach, er soll aufhören, dich anzugreifen."

„Du willst, dass ich Giovannis Körper übernehme?"

„Wichtiger: Ich glaube, du könntest das wollen. Es sei denn, es macht dir Spaß, angegriffen zu werden?"

„Natürlich nicht ... Es ist nur, dass – na ja, ich weiß nicht. Der Gedanke gefällt mir einfach nicht besonders."

Sie streckte die Hand aus und tätschelte meine Schulter. „Das ist ein gutes Zeichen. Solange du den Gedanken daran mehr ertragen kannst als den Gedanken, zerfetzt zu werden, ist alles gut. Denn wenn es eine Sache gibt, die man über wiederbelebte Leichen wissen muss, dann, dass sie kein Körpergefühl haben. Wenn du oder ich versuchen, etwas hochzuheben, das für uns zu schwer ist, sagt unser Körper uns, wir sollen aufhören, weil wir uns verletzen könnten. Ohne diesen Selbsterhaltungstrieb können die Toten unglaubliche Kraftakte vollbringen. Manchmal kostet es sie einen gebrochenen Knochen oder ein gerissenes Band, aber was macht das schon? Sie spüren es nicht."

Ich starrte auf die beinlose Grille. „Okay, gut. Dann lass uns das versuchen."

Kapitel Sechzehn

Rubys Tee half sehr, und in den nächsten zwei Stunden schaffte ich es erfolgreich, vier Grillen alle Beine abzubrechen. Wer hätte gedacht, dass das auf irgendeine Art ein Erfolg sein könnte?

Sobald ich die Grillen im Griff hatte, holte Ruby eine große Kakerlake heraus. Aber das war ein mehr als klares Nein von mir. Mir vorzustellen, eine Kakerlake zu sein, war eines dieser Dinge, von denen ich mich wahrscheinlich nicht erholen würde. Ich behauptete, ich wäre erschöpft, und sie gab nach — obwohl ich mir sicher war, dass sie den wahren Grund für meinen Unwillen erraten konnte.

Als sie zum Schlafen nach oben ging, machte ich mir ein spätes Abendessen und warf ein paar Extrawürste in die Pfanne für die drei Vertrauten, die mich mit Blicken anstarrten, in denen die Androhung einer Meuterei lag, sollte ich nicht mit ihnen teilen.

Ich schnitt eine Scheibe von einem kleinen Laib Brot ab und legte sie in die gusseiserne Pfanne, um sie zu rösten. Ich konnte die Wartezeit kaum ertragen — und ich hatte nicht einmal ansatzweise den Geruchssinn eines Hundes. Sobald die Wurst auf dem gerösteten Brot lag und es mit köstlichem Fett tränkte, brachte ich die Beherrschung auf, gerade lange genug zu warten, um frischen Käse darüberzureiben. Dieser Klotz war in Eastwind das, was geräuchertem Gouda am nächsten kam, aber natürlich hieß er hier nicht so. Das Problem beim Käsekaufen – in meiner Heimatwelt war fast jeder Käse nach dem Ort benannt, aus dem er kam, also hatte alles hier andere Namen. Aber auf meiner Jagd nach dem perfekten Queso hatte ich unzählige Käseproben gemacht und mir notiert, welche Geschmäcker hier denen von zu Hause entsprachen.

Der rauchige Käse schmolz sofort, und ich fragte mich, ob ich genug Kontrolle hatte, um noch scharfen Senf darüberzuträufeln, bevor das Ganze magisch direkt in meinen Mund wanderte.

Wunder über Wunder – ich schaffte es. Aber nur gerade so. Ich stöhnte auf, als die Aromen beim ersten Bissen auf meiner Zunge zusammenschmolzen. Ich würde definitiv noch eine oder zwei Scheiben mehr brauchen, bevor ich ins Bett ging. Aber zuerst...

Mit vollem Mund schnitt ich die anderen Würstchen in mundgerechte Stücke und stellte für die Bettler drei Teller auf den Boden. Ich schaffte noch einen riesigen Bissen Himmel, bevor es an der Haustür klopfte.

„We-ee?", sagte ich und versuchte zu kauen, wusste aber sofort, dass ich viel zu viel in mich hineingestopft hatte – wie ein Kleinkind, das man beim Essen zum *„kauen, kauen, kauen!"* ermahnen muss!

Ich warf einen Blick auf die Uhr. Es war spät, fast elf. Einhornäpfel! Musste ein Notfall sein. Als ich von meinem Stuhl aufstand, vermisste ich mein Wurstbrötchen schon.

Als ich die Tür öffnete, starrte Donovan mich an. „Tut mir leid", sagte er.

„Mmm hm-hm.“

Er neigte den Kopf. „War das ... versuchst du, was zu sagen?“

Ich hob einen Finger, damit mein Speichel mit dem Brot in meinem Mund mithalten konnte, dann schluckte ich und sagte: „Mir auch. Willst du reinkommen?“

„Ja.“

Kaum war er an mir vorbeigegangen, sagte er: „Äh ...“ und zeigte auf etwas hinter mir.

Vielleicht wurde die Verbindung zu meinem Vertrauten stärker, aber ich wusste sofort, was Donovan anstarrte.

„Ohhh, wag es bloß nicht, Grim!“

Aber er wagte es. Ich sah gerade noch, wie seine Vorderpfoten den Tisch verließen – aber nicht, bevor er den Rest meines Essens komplett verschlungen hatte.

Ich sprintete auf ihn zu und klatschte bei jedem Wort in die Hände. „Böser! Hund! Böser! Hund!“

„Aber böse zu sein schmeckt sooo gut!“

Er hatte es verschluckt, bevor ich ihn erreichen konnte, und Monster fauchte und schlug ihm wegen seiner Selbstsucht ins Gesicht. Er jaulte und sprang zurück, den Schwanz eingeklemmt. *„Das war es immer noch wert.“*

Ich seufzte, als ich mich zu Donovan umdrehte. „Willkommen im Zoo. Hungrig?“

„Nein, ich wollte nur reden. Über heute Mittag.“

Ich ging zu ihm und legte die Hände an seine Brust. „Mach dir keine Sorgen. Ich verstehe alles. Ich habe gerade einen Tag mit deiner Mutter verbracht.“

Er lachte. „Ich dachte, sie würde sich von ihrer besten Seite zeigen. Dich vielleicht überzeugen, dass alle verletzten Gefühle meine Schuld sind.“

Ich schnitt eine Grimasse. „Ohne schlecht über deine

Familie reden zu wollen, aber ich hatte das Gefühl, das war schon ihre beste Seite."

Er verzog das Gesicht und schlang die Arme um mich. „War sie furchtbar zu dir?"

„Hm … nicht wirklich, aber lass es mich so ausdrücken: Einem wiederbelebten Toten in einer dunklen Gasse zu begegnen war nicht der schlimmste Teil meines Nachmittags."

Er schloss die Augen, als versuchte er, das soeben Gesagte zu begreifen. „Warte, was hast du gerade gesagt?"

Ich löste mich von ihm und machte mir ein weiteres Wurstbrot, solange die Pfanne noch heiß war. Während ich im erklärte, was passiert war, ließ er sich auf einen Stuhl am Tisch fallen und hörte schweigend zu. „Mein toter Onkel spaziert einfach in Eastwind herum? Und er … spioniert dich aus?"

„Hör zu", sagte ich und rieb Käse, bevor ich einen grimsabberfreien Teller zum Tisch brachte. „Ich bin auch kein Fan davon. Aber da ist noch mehr."

„Das dachte ich mir schon."

„Ich glaube, mit Serena stimmt was nicht."

„Du meinst abgesehen von ihrem schrecklichen Geschmack bei Männern?"

Ich nickte. „Ohne zu sehr ins Detail gehen zu wollen, aber es gibt … Widersprüche in ihrer Geschichte, warum sie in Eastwind sind, und ihrem Verhalten heute."

„Ohne ins Detail zu gehen?", sagte er, und ich hörte, wie er sich wieder zurückzog.

„Fang nicht wieder damit an! Wenn du wissen willst, was dein Bruder mir erzählt hat, frag ihn bitte selbst. Und wenn du wieder streiten und verschwinden willst, dann nur zu, aber das würde uns beiden den Abend ruinieren."

Ein Muskel in seinem Kiefer zuckte, als er mich intensiv durch seine eisblauen Augen anstarrte. Dann sagte er schließlich: „Okay. Gut. Ich höre auf, dich damit zu nerven."

Ich atmete die Luft aus, die ich angehalten hatte. „Gut. Also hier ein paar Fragen, die mir nicht aus dem Kopf gehen: Das Timing mit der Hexe des Fünften Windes in der Stadt und der Ankunft deines Bruders scheint mir zu zufällig. Vielleicht hat die Hexe des Fünften Windes hier rumgehangen und auf den nächstbesten Toten gewartet, um eine Marionette zu haben, aber das kommt mir unwahrscheinlich vor und wirft kein Licht darauf, wer Giovanni ermordet hat oder warum. Es lässt deinen Bruder immer noch als Hauptverdächtigen dastehen.“

Donovan zuckte mit den Schultern. „Ich habe für dich keine Antworten dazu.“

„Schon okay. Ich habe einen Plan. Bist du dabei?“

„Kommt drauf an, wie der Plan aussieht.“

„Ich buche ein Zimmer im *Ram's Head Inn*, und –“

„Ich bin dabei.“ Er stand auf. „Wann gehen wir los?“

„Definitiv nicht, bevor ich mein Essen aufgegessen habe. Aber freu dich nicht zu früh. Es ist zu Überwachungszwecken.“

Er winkte ab. „Das dauert nicht die ganze Nacht.“ Er nickte in Richtung meines restlichen Essens. „Iss auf, dann lass uns losgehen. Wäre schade, eine Sekunde zu verschwenden, die wir für die ... *Überwachung* nutzen könnten.“ Er tat so, als „überwachte“ er mich, und ich verdrehte die Augen.

Aber trotzdem beeilte ich mich und aß auf. Ich konzentrierte mich darauf, den Fall zu lösen, klar. Aber ein Mädchen braucht auch die eine oder andere Auszeit.

Ich fragte Grim nicht einmal, ob er mitkommen wollte. Die Würgegeräusche, die er nach Donovans Kommentar von sich gab, sagten alles.

Kapitel Siebzehn

Zimmer sechs im *Ram's Head Inn* war frei – was ein Glück war, denn das bedeutete, wir teilten uns eine Wand mit Leonardo und Serena. Aber wie wir schnell merkten, waren die Wände definitiv aus Stein, und kein Ton drang aus ihrem Zimmer herüber. Wahrscheinlich besser so, denn man wusste nie, was Donovan und ich hätten hören können, was wir definitiv nicht hören wollten. Die beiden waren schließlich eindeutig verliebt – sie mochten bei anderen Dingen lügen, aber das war offensichtlich wahr.

Ich hätte wissen sollen, dass es sinnlos war, ein Zimmer mit ihm zu buchen und zu glauben, ich könnte mich auf die Arbeit konzentrieren. Aber Leonardo und Serena im Auge zu behalten, hatte Vorrang. Ich hatte die leise Vermutung, dass irgendwann in der Nacht einer von ihnen das Zimmer verlassen würde.

„Nicht jetzt, Donovan", sagte ich und schlug seine Hand von meinem Arm, während wir beide auf der Tagesdecke lagen und uns an das massive Eichen-Kopfteil lehnten.

„Warum nicht? Es ist fast eins. Die schlafen wahrscheinlich schon. Und wenn ich nicht schlafen darf …"

„Ich nehme dich nie wieder auf eine Observierung mit", schnaubte ich.

Aber was soll ich sagen? Es war spät, meine Entschlossenheit bröckelte, und ehe ich mich versah, war meine Fähigkeit, Donovan abzuweisen, verpufft.

Das Bett quietschte unter uns, als sein übereifriges Küssen in einen Rausch überging. Aber dann hörte ich etwas anderes quietschen – auf dem Flur. Es dauerte einen Moment, bis mein Verstand das verarbeitete, bei all den anderen Sinneseindrücken, und als es klickte, stieß ich Donovan von mir runter und sprang auf. Zum Glück musste ich nur Stiefel und Jacke anziehen, also tat ich das schnell und starrte ihn an. „Kommst du?"

Er sah mich an, als würde ich Enochisch reden. „Wa–wohin gehen wir?"

„Jemand ist gerade aus dem Zimmer deines Bruders gekommen. Wir folgen ihm."

Er stöhnte leise, als er aufstand. „Okay."

Ich befürchtete schon, wir würden die Person nicht mehr finden, bis er Stiefel und Jacke angezogen hatte, und wüssten nicht, wohin sie gegangen war.

Aber als wir in die dunkle Nacht hinaustraten, entdeckte ich eine Bewegung ganz oben an der Straße, in Richtung Stadtzentrum.

Aber wer war das? Serena? Leonardo? Die Hexe des Fünften Windes?

Die Gestalt bog um eine Ecke, und ich packte Donovans Arm und zerrte ihn praktisch mit. „Komm!" Ich wäre besser dran gewesen, wenn ich Grim mitgenommen hätte. Klar, er hätte gemeckert und darauf bestanden, Monster mitzubringen, und wahrscheinlich alle möglichen Bestechungen erwartet, aber wenigstens hätte er mich nicht mit Knutschen abgelenkt und dann getrödelt, als es Zeit war, in die Gänge zu kommen.

Wir eilten so schnell wir konnten, ohne dass unsere Schritte durch die leere Straße hallten.

Unsere Verfolgung endete im Fulcrum Park.

Genau am Rand des Lichtkegels einer Straßenlaterne stand Leonardo Stringfellow, die Hände in den Manteltaschen vergraben, den Kragen hochgeschlagen, sodass er sein Gesicht teilweise verbarg. Er wippte auf den Zehenspitzen und spähte herum, und ich war mir nicht sicher, ob er fror, nervös war oder beides.

Wir duckten uns tief hinter eine dicke Heckenreihe und spähten hinaus.

„Was macht er da?", flüsterte Donovan.

„Ich weiß auch nicht mehr als du", antwortete ich.

Minuten verstrichen, und als er eine Taschenuhr herauszog, sie nah ans Gesicht hielt und wieder wegsteckte, wurde mir klar, dass er auf jemanden wartete. Aber auf wen?

Malavic, dachte ich instinktiv, und dann versuchte ich, den Gedanken zu verdrängen. Meine Voreingenommenheit würde mich eines Tages noch in Schwierigkeiten bringen.

Aber Moment, konnte es die Hexe des Fünften Windes sein? Konnte die mit Leonardo unter einer Decke stecken? Konnte Leonardo sie dafür bezahlt haben, mich zu beobachten?

Bevor meine Spekulation Fuß fassen konnte, hörte ich Schritte aus der Dunkelheit der Nacht näherkommen. Sie hatten den selbstbewussten, klaren Rhythmus von jemandem, der sich hier zu Hause fühlte, nicht die schleichenden eines Fremden von außerhalb.

Aber aus welcher Richtung kamen sie? Der Fulcrum Park lag genau in der Mitte von Eastwind, und die Stadt war als

Reihe konzentrischer Kreise mit mehreren Speichen aufgebaut, die zum geographischen Mittelpunkt führten. Das bedeutete, es war schwer, bei den hallenden Geräuschen sicher zu sein, ob die Person nicht vielleicht von hinten kam.

Leonardo wusste auch nicht, wohin er blicken sollte und drehte den Kopf in alle Richtungen.

„Ah", sagte er, „da bist du ja. Ich habe gewartet und schon befürchtet, du lässt mich hängen."

„Das hätte ich auch machen sollen. Du bist ein Narr, das zu arrangieren, und ich bin offensichtlich ein Narr, dem zuzustimmen."

Ich erkannte die Stimme einen Moment, bevor Ezra Ares in denselben Lichtkegel wie Leonardo trat.

„Das Ganze ist dumm", fuhr Ezra fort. „Ich glaube nicht, dass du verstehst, was du da verlangst."

„Ich weiß sehr genau, was ich verlange", antwortete Leonardo bockig. „Nur, weil du Erfahrung damit hast, macht dich das nicht zum Experten. Und es macht dich definitiv nicht zum Hüter der Geheimnisse, der entscheidet, wer eingeweiht wird oder nicht."

Ezra hob die Hände. „So denke ich überhaupt nicht! Ich bin nur deutlich älter und weiser als du, und ich dachte, ich gebe dir eine letzte Warnung, damit niemand sagen kann, ich hätte es nicht getan."

„Theoretisch kann ich aufhören, wenn ich zu dem Schluss komme, dass es mir nicht gefällt."

„Theoretisch ja", sagte Ezra, „aber in der Praxis ... ist es nicht so einfach. Du fängst nicht da an, wo du aufgehört hast. Du fängst da an, wo du gewesen wärst, wenn du nie aufgehört hättest. Und das passiert nicht elegant, das kann ich dir sagen. Ich habe es nie versucht, aber ich habe andere gesehen, die es getan haben."

Ich bemühte mich, ihre kryptischen Worte zu entschlüsseln und den Faden zu finden, der alles verband. Beobachteten wir gerade einen Drogendeal unter Hexen? Gab es sowas überhaupt?

Leonardo zuckte mit den Schultern und ignorierte die Warnung des Südwinds.

„Ich hoffe, du hast einen guten Grund, damit rumzuspielen.“

„Es ist kein Rumspielen, und den habe ich.“

„Und der wäre?“

„Sie. Serena. Du hast sie gesehen.“

„Ah ja.“ Ezra seufzte. „Die Elfe. Hätte ich mir denken können. Aber auch wenn das durchaus einen Sinn ergibt, macht es die Entscheidung nicht weniger dumm.“

„Verzeih mir, Ares, aber es steht dir kaum zu, dir ein Urteil über meine Motive zu erlauben. Du machst das schon ... wie viele Jahre?“

„Zu viele“, sagte er, und seine normalerweise lebhafte Stimme klang abwesend. „Und ich habe es aus den falschen Gründen getan.“ Er lachte trocken. „Liebe. Ich schätze, das ist so gut wie jeder andere Grund.“

Neben mir zischte Donovan: „Wovon zum Höllenhund reden die da?“, und ich antwortete, indem ich ihm die Hand auf den Mund drückte.

„Hier ist der Kontakt“, sagte Ezra und reichte ihm einen Zettel. „Er weiß, dass du kommst.“

„Er ist aus Avalon, oder?“

„Ja. Nicht weit von Edgewater.“

Leonardo starrte auf das Papier, dann zu Ezra auf. „Und du versprichst, dass du niemandem was sagst?“

„Werde ich nicht. Aber muss ich auch nicht. Die Leute werden es bald genug bemerken.“

„Die Leute können es bemerken und tratschen, so viel sie wollen. Sie tratschen ja auch über dich, oder?“

Ezra nickte. „Eine letzte Frage, bevor du gehst.“

Leonardo versteifte sich. „Okay. Was?“

„Wie konnte jemand, der so intelligent sein soll wie du, so vollkommen blind dafür sein, dass du verfolgt wurdest?“ Und dann zeigte er direkt auf die Stelle hinter der Hecke, wo Donovan und ich kauerten.

Kapitel Achtzehn

„Einhornäpfel!", zischte ich.

Donovan warf mir einen *Was-machen-wir-jetzt?*-Blick zu. Aber der Tanz war vorbei. Wenigstens für einen von uns.

„Bleib du in Deckung", flüsterte ich. Ich war mir sicher, dass ich viel mehr Infos über den Grund dieses Treffens bekommen würde, wenn Leonardo nicht wusste, dass sein Bruder in der Nähe war. „Sehr aufmerksam, Ezra", sagte ich und stand langsam auf.

Der Südwind öffnete den Mund, um etwas zu sagen, aber ich fiel ihm ins Wort. „Ich bin *allein*." Ich warf ihm einen Blick zu, von dem ich hoffte, dass er verstehen würde: *Bitte sag' nicht, was du gerade sagen wolltest.*

Vielleicht weil er schon so lange mit Ruby befreundet war und wusste, wann man bei einer Hexe des Fünften Windes mitspielen musste – nickte er fast unmerklich.

„Nora?", fragte Leonardo. „Was zum Sirenengesang machst du hier?"

„Dich ausspionieren", sagte ich. „Ich dachte, das wäre offensichtlich."

„Und wie viel hast du gehört?"

„Alles. Aber keine Sorge. Ich verrate nichts. Ich will nur eine Erklärung."

Ezra räusperte sich. „Wenn es euch nichts ausmacht, würde ich jetzt gern schlafen gehen, bevor ich wieder zur Arbeit muss."

Ich bedeutete ihm, dass er verschwinden konnte, aber Leonardo würdigte ihn nicht einmal eines Blickes. Die Augen des Ostwinds blieben auf mich gerichtet.

Er sah aus wie ein Einhorn vor einem Drachen, also half ich ihm auf die Sprünge: „Es geht nicht um Geld, oder?"

Er sackte zusammen, als er antwortete: „Nein. Tut es nicht."

„Wie viel von dem, was du mir erzählt hast, war gelogen?", fragte ich.

„Nicht so viel", sagte er, als würde das irgendwas besser machen. „Ich habe den Großteil meines Geldes in ein Projekt gesteckt, das den Bach runtergegangen ist. Aber wir sind nicht knapp bei Kasse. Serena kommt aus reichem Haus."

„Das habe ich bemerkt. Ihr zwei hättet eure Geschichten besser abstimmen sollen. Sie war bei unserem Mädels-Tag nicht gerade sparsam."

Er fluchte leise. „Sicher dachte sie, sie wäre es. Sie hat einfach ganz andere Vorstellungen davon, wie viel Dinge kosten. Sie hört nicht auf, darüber zu reden, wie billig alles hier ist."

Wir kamen vom Thema ab. „Warum erzählst du mir nicht einfach, worum es bei diesem nächtlichen Treffen geht, damit ich nicht weiter raten muss?"

Leonardo seufzte, und ich spürte, wie er den Kampfgeist verlor. Ich hätte Mitleid haben können, wenn er mich nicht so belogen hätte. „Okay. Ich bin nicht wegen Geld nach Eastwind zurückgekommen."

„Ja, ja, das hatten wir schon. Warum dann?“

Er hielt das Papier hoch. „Darum. Wegen der Info. Ich – ich ertrage den Gedanken nicht, alt zu werden, während sie jung bleibt.“

„Serena?“

„Ja. Ich liebe sie. Mehr, als ich je geglaubt hätte, jemanden lieben zu können. Ich wusste, dass es einen Weg gibt, den Alterungsprozess zu verlangsamen, aber ich wusste nicht, wen ich in Avalon fragen sollte. Dort ist es illegal.“

„Hier auch“, erinnerte ich ihn, „also würde Ezra es sicher schätzen, wenn du ihn da nicht reinziehst.“

„Oh, bitte. Die ganze Stadt weiß, dass er nicht normal altert. Und anscheinend sehen alle weg.“

„Im Moment ja“, sagte ich. „Die Leute ziehen Gerüchte der Wahrheit vor, also hat ihn wahrscheinlich niemand direkt gefragt – oder wenn sie es getan haben, waren sie mehr als glücklich, die Einhornäpfel zu schlucken, die er ihnen aufgetischt hat. Aber wenn rauskommt, dass ein Stringfellow die Zeit besiegt hat, könnten die Leute größeres Interesse an der Wahrheit entwickeln.“ Ich hielt inne. „Warte, deshalb hast du dich mit Malavic getroffen? Du dachtest, er könnte ... hast du ihn gebeten, dich zu verwandeln?!“

„Was? Nein! Nein, nein, nein.“ Er schüttelte energisch den Kopf, dann fügte er hinzu: „Klar, die Idee war mir gekommen, aber nein. Nachdem Ezra und mein Onkel sich geweigert hatten zu helfen, dachte ich, Malavic wäre lange genug da und hätte mit genug zwielichtigen Leuten zu tun gehabt, um zu wissen, wen man für sowas kontaktieren kann.“

„Du bist deswegen zu deinem Onkel gegangen? Was sollte der schon darüber wissen?“

Leonardo sah sich um, um sich zu vergewissern, dass niemand mithörte. Aber er war nicht gründlich dabei – er übersah komplett die Stelle, wo sein Bruder immer noch kauerte. „Er hat unsaubere Geschäfte abgewickelt, und das schon lange. Offiziell haben meine Großeltern den Export von Eastwinder Quellwasser eingestellt, als es illegal wurde. Aber jeder in der Familie weiß, dass er jahrelang weitergemacht hat. Das war auch einer der Gründe, warum er behauptet hat, das Vermögen meiner Großeltern sollte allein an ihn gehen. Er hat ihnen eine Menge Geld eingebracht.“

„Und dann hast du ihn ermordet, als er dir die Information nicht geben wollte?“ Ich glaubte es nicht, wollte aber seine Reaktion sehen.

Er funkelte mich mit großen Augen an. „Natürlich nicht. Ich habe ihn gefragt, ob er Verbindungen hat, die mir helfen könnten, und er hat mir vorgeworfen, für meine Eltern zu spionieren, um Dreck über ihn zu finden, damit sie ihm das Geld wegnehmen können. Ich habe ihm versichert, dass dem nicht so ist. Ich bin mir nicht sicher, ob er mir geglaubt hat, aber er sagte, ich solle mit Malavic reden. Das habe ich dann gemacht.“

„Klingt eher, als wollte er dich bei jemandem vom Hohen Rat in Schwierigkeiten bringen, anstatt dir zu helfen.“

„Könnte sein. Aber jedenfalls war er quietschlebendig, als ich gegangen bin. Er hat mich angeschrien, ich solle abhauen, also habe ich genau das getan. Ich bin schleunigst raus und direkt ins Sheehan's gegangen, von wo ich eine Eule an Malavic schicken wollte, um ihn zu bitten, sich mit mir zu treffen. Aber er war schon da.“

Natürlich war er das. Schatzmeister im Hohen Rat war angeblich ein Vollzeitjob, war es in Wirklichkeit aber kaum. Und da es das Lieblingshobby des Grafen war, emotional aufgeladene Szenen zu provozieren, um sich ein bisschen zu amüsieren, wohnte er praktisch im Pub … wenn er nicht gerade ein Schönheitsschläfchen in seinem Sarg hielt.

Das plötzliche Trappeln hastiger Schritte hinter Leonardo

riss meine Aufmerksamkeit in die Richtung. Ich drehte mich gerade rechtzeitig um, um eine massive Gestalt auf ihn zuspringen zu sehen.

„Pass auf!" war kaum über meine Lippen, da war das Ding schon auf ihm.

„Gaah!" Leonardo ging zu Boden, der Leichnam seines Onkels auf ihm.

Und genauso schnell, wie Giovanni aufgetaucht war, war Donovan aus der Hecke geschossen, sprintete herüber und schoss Zauber aus seinem Stab, als hätten sie nur darauf gewartet, rausgelassen zu werden. Aber sie prallten nur von Giovannis Rücken ab.

Ich umklammerte meinen Zauberstab und hätte das Ding am liebsten entzweigebrochen, so nutzlos war es für mich, während Leonardo und Giovanni am Boden rangen, rollten und sich wanden.

„Halt still!", brüllte Donovan.

Sein Bruder versuchte, etwas zu sagen, aber zwei verwesende Finger in seinem Mund machten dem ein Ende, und er würgte stattdessen.

Endlich schaffte Donovan einen Zauber, der Giovanni durch die Luft schleuderte. Der Leichnam krachte gegen eine Steinbank und sackte zusammen, und ich war sicher, der Kampf war vorbei. Aber als Donovan neben seinem Bruder niederkniete („Hast du mich auch ausspioniert?", fauchte Leonardo), stand die Leiche auf und kam für eine zweite Runde herüber.

Donovan zog Leonardo hoch, und zusammen feuerten sie einen Zauber nach dem anderen auf das Ding. Grüne Lichtbögen schossen aus ihren Stäben und explodierten an der leeren Hülle des Mannes. Im letzten Moment, bevor Giovanni Leonardos Kehle zu fassen bekam, schaffte Donovan noch einen Treffer, der die Leiche wieder durch die Luft schleuderte und uns Zeit verschaffte.

„Meine Schlafzauber wirken nicht", sagte Donovan. „Warum wirken die nicht?"

Leonardo antwortete nicht, aber ich hatte eine Ahnung. „Weil du nicht die Quelle triffst. Du triffst nur eine Marionette."

Oh ... ich will das wirklich nicht tun. Ich dachte an die Grille. Wenigstens hatte Giovannis Leichenstarre noch nicht voll eingesetzt. Ich musste mir also keine Sorgen über abbrechende Arme oder Beine machen ...

Ich schloss die Augen, tat, was Ruby mir beigebracht hatte, und fühlte mich unglaublich schmutzig dabei.

Irgendetwas hinderte mich jedoch daran, mich zu bewegen.

Oh, richtig.

Ich nahm das Staurolit-Amulett ab und steckte es in meine Tasche. Es war, als hätte ich eine Bleidecke zurückgeschlagen, und sofort spürte ich, dass mir das viel leichter fallen würde, als ich gern zugeben wollte.

Ich musste mir die Situation aus seiner Perspektive vorstellen. Okay. Einfach genug. Er kam direkt auf uns zu – Leonardo schoss nutzlose Strahlen ab, Donovan traf gelegentlich recht gut (würde das wehtun? Würde ich es spüren?) und ich stand mit geschlossenen Augen da wie eine nutzlose Statistin.

Als ich in den Körper schlüpfte, fühlte es sich starr und beengt an. Und dann spürte ich ihn. Die andere Präsenz. Männlich – kein Zweifel. Aber konnte ich sein Gesicht sehen? Ich versuchte, das Bild heraufzubeschwören, aber nichts kam durch. Doch ich spürte seinen Schock. Er hatte nicht erwartet, dass ich das schaffe. Und dann sah ich einen Blitz von etwas anderem.

Für einen Sekundenbruchteil war es, als wäre ich in seinen

Kopf geschlüpft. Und ich erkannte sofort, worauf er starrte. Angesichts der Nummer an der Tür machte es klick. Und dann war er weg, ich war wieder in Giovanni, und ich hatte den Platz für mich allein.

Oh Freude!

Und um meine eigene Frage zu beantworten: Ich konnte die Treffer spüren, aber kaum. Sie taten nicht weh, machten es aber schwer, meine Füße – nein, Giovannis Füße – unter mir zu halten. Ihm. Uns.

„Stopp!", brüllte ich, aber zu meinem Entsetzen kam es als gurgelndes Stöhnen aus Giovannis Mund.

Mir lief ein eisiger Schauer über den Rücken, und ich verließ den Körper so schnell ich konnte.

Ich öffnete meine eigenen Augen gerade rechtzeitig, um zu sehen, wie er zu Boden sackte.

Und dann gaben meine Knie nach.

„Ausgelaugt" beschrieb es nicht mal ansatzweise. Ich fühlte mich leer und fremd zugleich in meinem eigenen Körper. Als ich in den Toten geschlüpft war, hatte ich mich komplett verlassen? War das der Grund, warum ich einen Nekromanten überwältigen konnte, der wahrscheinlich viel besser ausgebildet war als ich? War mein Körper seelenlos, während mein Bewusstsein nicht darin war?

Alles Fragen, die ich Ruby später stellen würde.

Aber jetzt fühlte ich mich einfach, als müsste ich ein Jahr schlafen.

Donovan war sofort an meiner Seite, als ich zu fallen begann, doch er schaffte es nicht, mich aufzufangen, bevor ich zu Boden ging. Zum Glück landete mein Kopf im Gras, nicht auf den Steinen des Wegs.

Während Leonardo sich Giovannis schlaffer Leiche näherte und sie ein paarmal mit seinem Zauberstab anstieß, um sicherzugehen, dass sie nicht wieder aufstand, sagte Donovan: „Nora! Was zum Höllenhund war das gerade?"

Ich brachte die Kraft auf, meinen Staurolith wieder umzuhängen. „Ich habe ihn rausgekickt."

„Wen rausgekickt?"

„Den Fünften Wind. Er hatte die Kontrolle über den Leichnam, aber ich habe sie übernommen."

Ich war mir nur vage bewusst, dass Leonardo jetzt ein paar Meter hinter Donovan stand und mich anstarrte, als wäre ich diejenige, die man in diesem verrückten Szenario fürchten müsste. „Wir müssen zurück ins Gasthaus", sagte ich.

„Du gehst nirgendwohin", beharrte Donovan. „Ich schicke eine Eule an Stella und Kayleigh Lytefoot, und wir lassen dich versorgen."

Aber als der Blitz von vorhin, was ich durch die Augen des fremden Hexenmeisters gesehen hatte, wieder in meiner Erinnerung auftauchte, spürte ich einen kleinen Adrenalinstoß, der meine Muskeln antrieb.

Ich stemmte mich in eine sitzende Position hoch. „Nein, hör zu. Wir müssen zurück. Wir müssen ins Gasthaus."

„Das Gasthaus?", fragte Donovan. „Warum?"

„Weil er da ist", sagte ich. „Der Fünfte Wind ist da." Ich wandte mich Leonardo zu. „Und er war direkt vor eurem Zimmer."

Kapitel Neunzehn

So klug es gewesen wäre, wenn einer von uns bei der Leiche geblieben wäre, um sicherzustellen, dass sie nicht wieder aufstand und davonspazierte – niemand meldete sich freiwillig für den Job. Ich wäre die naheliegende Kandidatin gewesen, da ich mit einem Zauberstab nutzlos war, aber da eine Hexe des Fünften Windes direkt vor Serenas Tür lauerte, konnte ich im *Ram's Head* vielleicht auf andere Weise nützlich sein.

Donovan warf einen letzten Blick auf seinen Onkel, murmelte etwas davon, später Stu zu rufen, und das reichte uns.

Ich war nie besonders sportlich gewesen, und Sport treiben war in Eastwind einfach nicht üblich, da sich die Leute gesund ernährten ohne wirkliches Fast Food, überallhin zu Fuß gingen und (vermutlich) das Wunder der Magie auch ein bisschen mithalf. Es war also einfach nicht nötig –, darum war ein Sprint vom Fulcrum Park bis zum Rand der Outskirts nicht gerade meine Lieblingsaktivität des Abends.

Es war definitiv besser, als in einen Toten zu schlüpfen, aber das war auch schon alles.

Ich spürte die ersten Anzeichen eines Wadenkrampfs, gerade als das Gasthaus in Sicht kam, und dankte den gleichgültigen Sternen, dass ich jetzt langsamer machen konnte.

Dachte ich zumindest.

Wer wusste schon, wie Leonardo seine Zeit in Avalon verbracht hatte, aber er schien überhaupt nicht außer Atem zu sein und sprintete bis zur Haustür. Als ich drinnen ankam, hörte ich ihn schon nicht sehr heimlich die Treppe hinaufstürmen.

Wenigstens hatte Donovans Barkeeper-Job ihn nicht darauf vorbereitet, und ich war dafür dankbar. Er blieb nur einen Schritt vor mir, als wir hoch und dann den Flur entlang zu Zimmer vier gingen. Leonardo hatte die Tür offengelassen, und ich trat vorsichtig ein, da ich das Schlimmste erwartete – zerrissene Bettwäsche, umgekippte Möbel.

Aber alles war in Ordnung. Das Zimmer sah perfekt aufgeräumt aus. Sogar das Bett war gemacht.

Und Leonardo hielt einen Brief in seinen Händen. Er starrte ihn an, als wollte er ihn in Flammen aufgehen lassen. Seine Schultern sackten nach vorn, und er bewegte lautlos die Lippen, während Pookie vom Bett sprang und Achten um seine Beine lief.

Ich wechselte einen Blick mit Donovan, und er schien derselben Meinung zu sein: vorsichtig nähern.

Langsam, als wäre er in Trance, senkte Leonardo das Papier und starrte auf das Bett. Dann sah er uns über die Schulter an und sagte: „Sie ist weg."

Ich verkniff mir ein „Ach nee?", aber nur, weil „weg" nicht für jeden dasselbe bedeutete. Manche Leute meinten damit, jemand wäre tot, aber ich wusste, dass tot nicht immer weg bedeutete.

Tanner ist weg.

Ich schob den Gedanken beiseite.

„Was meinst du damit?", sagte Donovan. „Jemand hat sie mitgenommen?"

„Nicht diesem Brief nach." Er schüttelte ihn.

„Was steht da?", fragte ich.

Er starrte wieder darauf, als könnten diesmal andere Worte dort stehen, und dann las er vor. „Lieber Leonardo, es tut mir leid, aber ich kann dich nicht heiraten. Selbst wenn du nicht altern würdest, würde ich die Wahrheit kennen. Ich kann damit nicht leben. Ich fahre zurück nach Avalon und hoffe, du suchst nicht nach mir. Ich brauche einen Neuanfang. Es tut mir leid. Leb wohl."

Er blickte zu uns auf, eine bittere Mischung aus Scham, Wut und Verlust wirbelte in seinen blauen Augen.

Donovan stapfte auf ihn zu. „Zeig her." Er riss seinem Bruder den Brief aus der Hand. „Bist du sicher, dass das ihre Handschrift ist?"

Leonardo nickte.

Donovan sah mich an. „Das glaube ich nicht. Sie wurde entführt."

Das reichte, um seinen Bruder aus seiner trostlosen Starre zu reißen. „Du glaubst es nicht?"

Ich überlegte und sagte: „Ja, es ist vollkommen unmöglich, dass sie dich freiwillig verlässt. Ich habe gesehen, wie sie dich ansieht. Und es ist einfach ein zu großer Zufall, dass ich eine Hexe des Fünften Windes vor ihrer Tür gesehen habe, kurz bevor sie verschwindet. Wenn sie nicht gerade einen Begleiter aus einem anderen Reich bestellt hat, stinkt die Sache."

War ich mir sicher? Nicht wirklich. Aber es *fühlte* sich richtig an. Die Puzzleteile passten in keinem Szenario, das ich mir vorstellen konnte, aber besonders schief fühlten sie sich in einem an, in dem Serena plötzlich beschloss, abzuhauen.

„Sie will sichergehen, dass du ihr nicht folgst", sagte ich. „Der Brief sollte dir das Herz brechen, vielleicht so sehr, dass du ein oder zwei Tage in Eastwind herumsitzt und trauerst, damit sie genug Zeit hat, nach Hause zu kommen, ohne dass jemand eingreift."

Donovan funkelte mich an: „Willst du, dass er sich besser fühlt, oder ...?"

„Was? Oh! Nein, sorry. Ich schätze, ich sollte das klarstellen. Ich glaube nicht, dass sie diesen Brief aus freiem Willen geschrieben hat. Ich glaube, sie wurde gezwungen."

„Von diesem Nekromanten?", sagte Leonardo.

„Wir bevorzugen Fünfter Wind, aber ja. Wahrscheinlich."

„Was machen wir jetzt?"

Ich hatte keine sofortige Antwort. Wenn Serena mit diesem Hexenmeister des Fünften Windes weggegangen war, konnte sie überall sein. Oder direkt vor unserer Nase.

„Was ist mit dem Faun an der Rezeption?", fragte ich.

Donovan schüttelte den Kopf. „Es ist mitten in der Nacht. Er ist nicht da."

„Doch", sagte Leonardo, richtete sich ein bisschen auf und tippte sich ans Kinn. „Er ist da. Ich erinnere mich, dass er was von einer Suite im Erdgeschoss gesagt hat, in der er wohnt."

„Vielleicht hat er was gehört", schlug ich vor.

„Einen Versuch ist es wert", sagte Leonardo, schon unterwegs, seine Vertraute einen Schritt hinter ihm, eindeutig nicht gewillt, wieder zurückgelassen zu werden.

Donovan und ich folgten, und ich sagte: „Wir sollten eine Eule zu Stu schicken."

„Ich mach' das."

Diese Aufgabe ließ ihn schneller gehen, als wir die Treppe erreichten, und bevor ich mithalten konnte, hörte ich eine Stimme hinter mir. „Nora?"

Donovan verschwand die Treppe runter, als ich langsamer wurde und mich umdrehte.

So müde ich war, konnte ich die Augen nicht verdrehen, als ich sie sah. „Du? Jetzt?"

Es war derselbe fordernde Geist, der mein erstes Date mit Donovan gecrasht und uns zu Ezra's Magical Outfitters getrieben hatte.

Sie verschränkte die Arme vor der Brust, und ich versuchte zu ignorieren, wie gruselig es war, einem Geist im langen Flur eines Gasthauses zu begegnen. Es waren Jahre her, seit ich zuletzt *The Shining* gesehen hatte, aber wenn sie plötzlich eine Zwillingsschwester an ihrer Seite hätte, wäre ich aus der Tür und die Straße runter, bevor jemand „REDRUM" sagen konnte.

Ja, auch wenn ich täglich Geister sehe und ein wenig abgestumpft bin, kenne ich meine Grenzen.

„Du hast mir immer noch nicht geholfen", jammerte sie. „Ich habe dich jetzt schon zweimal gebeten."

Ich spähte über meine Schulter. Ich hörte Donovan oder Leonardo nicht mehr. „Ja, na ja. Ich bin immer noch ein bisschen beschäftigt."

„Ich brauche nur ein paar Minuten zum Reden."

„Wie schon gesagt, du kannst noch ein paar Stunden warten. Und ich bin gerade mitten in einer dringenden Angelegenheit." Mir entging der bockige Ausdruck nicht, der über ihr Gesicht huschte, als ich das sagte, aber es war mir auch egal. Am Ende saß ich am längeren Hebel – ich konnte sie einfach verbannen, wenn sie zu nervig wurde. Die meisten Geister wussten, was das bedeutete, ohne viel Erklärung.

Ich drehte ihr den Rücken zu, ging die Treppe runter und nahm mir Zeit, damit meine schwachen Beine nicht unter mir nachgaben. Vielleicht hatten die Stringfellows gute Neuigkeiten.

Beide standen in der kalten Nachtluft neben dem Eulengestell, als ich sie fand. Ich nickte Donovan zu, der mich auf den neusten Stand brachte.

„Ich habe eine Notfall-Eule gerufen und Manchester Bescheid gegeben."

„Und der Wirt sagt, er hat nichts gehört." Seine Nasenflügel blähten sich vor unterdrückter Wut. „Er hat nicht einmal gehört, wie wir reingestürmt sind."

„Verständlich", sagte ich. „Diese Wände lassen keinen Laut durch."

Donovan begegnete meinem Blick und schüttelte sanft den Kopf, um mich zu erinnern, nicht ins Detail zu gehen. Richtig. Leonardo war schon verständlicherweise frustriert. Er würde es wahrscheinlich nicht schätzen, zu wissen, dass wir ein Zimmer neben seinem gebucht hatten, um ihn auszuspionieren ..., weil wir dachten, er könnte ein Mörder sein.

„Ich schätze, wir müssen einfach warten", sagte Leonardo, und ich bekam einen Blick auf die weicheren Emotionen hinter seiner aggressiven Mauer. Er hatte Angst, war verletzt, verletzlich. Das Einzige, was ihn davon abhielt, zu glauben, dass die Frau, die er liebte, ihn verlassen hatte, war mein und Donovans Beharren, dass sie es nicht getan hatte.

„Wir können mehr tun als warten", sagte ich. „Es liegt noch Schnee. Vielleicht haben sie Spuren hinterlassen."

Die Hauptwege waren zwar geräumt, aber wir konnten Glück haben, und sie haben die verlassen.

„Gute Idee", sagte Donovan. „Nora, du bleibst hier, falls Manchester auftaucht. Leonardo und ich sehen uns um."

Ich widersprach nicht, da seine Logik solide war – ich war mit einem Zauberstab nutzlos, also sollte ich sicher mit dem Rücken zum Gasthaus bleiben, und wenn etwas von vorn kam, konnte ich leicht wieder reingehen.

Leonardo machte sich sofort auf, und Donovan schaffte nur einen Schritt, bevor er innehielt, sich umdrehte und mir einen Kuss auf die Lippen drückte. Ich schmolz für diesen kurzen Moment in ihn hinein, auch wenn mein Herz raste.

Trotz der Situation wollte ich, dass der Moment andauerte. Es war die Art Kuss, an den ich Tage, vielleicht Jahre denken würde. Ich packte seinen Mantelkragen, in der Hoffnung, er würde den verstehen und würde nicht aufhören, und dass er das sagen würde, was mir durch den Kopf ging: „Lass uns wieder reingehen." Wir hatten schließlich für das Zimmer bezahlt.

Aber das war Wunschdenken.

Er beendete den köstlichen Kuss und starrte auf mich herab. Was immer er sagen wollte, lag ihm auf der Zunge, und mein Magen zog sich zusammen, als ich ihn dazu bringen wollte, es zu auszusprechen. Egal was. In dem Moment hätte ich alles mitgemacht.

Aber alles, was er sagte, war „Bleib hier."

Fänge und Klauen!

Ich habe keine Witze gemacht, als ich gesagt habe, dass ich bei allem mitgemacht hätte, und ich nickte einfach, als er sich umdrehte und seinem Bruder hinterhereilte, während die Spitze seines Zauberstabs den Boden vor ihm beleuchtete.

Mein Hirn summte noch, als hätte ich einen starken Liebestrank getrunken, als der Geist wieder erschien, nur ein paar Meter vor mir, und schwebte wie eine Boje auf ruhiger See. „Da oben ist was, das du sehen solltest", sagte sie.

„Kann das warten? Ich muss hierbleiben."

„Ugh! Warum kannst du nicht einfach mal machen, was jemand sagt?"

„Das mache ich gerade. Mein Freund hat gesagt, ich soll hierbleiben, und das mache ich."

„Nein, nicht was er sagt, was ich sage!"

Ich verdrehte die Augen. „Ich weiß nicht einmal, wer du bist."

„Ich bin eine Jungfrau in Not", fauchte sie. „Siehst du das nicht?"

„Nein.“

„Komm einfach ein paar Minuten hoch. Ich habe das Gefühl, dass dir das bei deiner Suche helfen wird.“

„Warum sagst du mir nicht einfach, was da oben ist?“

Sie stampfte lautlos mit dem Fuß auf, und Schwaden lösten sich von ihrer nebligen Gestalt und lösten sich in der kalten Luft auf. „Gut. Wenn du nicht auf mich hören willst, dann vielleicht auf ihn.“

Sie verschwand, bevor ich fragen konnte, wen sie meinte.

Aber ich musste nicht lange rätseln, denn die Tür ging quietschend auf, und bevor ich mich umdrehen konnte, legte sich eine starke Hand auf meinen Mund, um meinen Schrei zu ersticken, und zerrte mich hinein.

Kapitel Zwanzig

Das letzte, was ich sah, bevor mein Entführer mich in sein Zimmer zerrte, war die Nummer vier an der Tür gegenüber im Flur.

Dann schloss sich die Tür vor mir, und meine Augen bemühten sich, sich an die Dunkelheit des Raums anzupassen. Die Hand glitt von meinem Mund, aber ich wusste schon, dass Schreien nichts bringen würde. Außerdem war ich von anderen Dingen abgelenkt.

Er zerrte mich weiter ins Zimmer, und ich konnte mich nicht genug orientieren, um mich zu wehren.

Dann merkte ich, dass das nicht die übliche Dunkelheit war. Keine Flamme oder ein das Leuchten von einem Zauberstab hätte sie durchdringen können.

Ich hatte diese Art von Dunkelheit schon einmal selbst erzeugt, vor vielen Monaten. Es war nicht so, dass es einfach kein Licht gab. Jemand hielt das Licht fest, behielt es im Inneren. Und nur eine Hexe des Fünften Windes konnte das.

Natürlich war ich schon an einen Stuhl gefesselt, bevor ich die Puzzleteile zusammensetzen konnte.

Dutzende Kerzen in einem Kreis um meinen Stuhl flammten gleichzeitig auf, und da stand er vor mir. Der andere Fünfte Wind.

Und er sah ganz anders aus, als ich erwartet hatte. Aus irgendeinem Grund hatte ich gedacht, er wäre jünger, aber er war näher an Rubys Alter als an meinem. Obwohl das wohl Sinn ergab, so gut wie er seine Kräfte beherrschte. Sein Haar war vollständig ergraut, aber das war keine Überraschung – der tägliche Umgang mit den Toten machte das mit jedem. Obwohl drei erhabene Narben sein Gesicht von der rechten Schläfe bis zum linken Mundwinkel zeichneten, war schwer zu übersehen, dass er in seiner Jugend außergewöhnlich attraktiv gewesen sein musste. Tatsächlich hätte ich ihn, wenn die Situation freundlicher gewesen wäre, trotz der Narben und der grausamen Wirkung der Zeit vielleicht sogar heiß gefunden.

Neben ihm schwebte der nervige weibliche Geist und sah schrecklich zufrieden mit sich selbst aus. Ich wollte ihr sagen, dass er mich *trotz* ihrer lahmen Versuche, mich hereinzulocken, gefangen hatte, nicht *deswegen*, aber jetzt war nicht die Zeit für Kleinlichkeit. Jetzt war die Zeit, Antworten zu bekommen und vielleicht, wenn ich außergewöhnlich Glück hatte, einen Weg zu finden, hier rauszukommen, bevor er mich endgültig ins Jenseits schickte.

Sein riesiger Höllenhund saß wachsam, aber reglos in der Ecke des Raums, die die langen Schatten der Kerzen erreichten. Das Weibchen beobachtete mich aufmerksam, und ich fragte mich krankerweise, ob ich Grim je zu solchem Gehorsam trainieren könnte, wenn kein fettiges Fleisch im Spiel war.

Der Geist brach das Schweigen. „Ich habe dich höflich gebeten, mir zu helfen."

„So höflich war das nicht", antwortete ich und ächzte, als ich an den schmerzhaft engen Fesseln zog.

„Klar war es das. Aber du hast dich geweigert. Zu beschäftigt.

Ha! Ich weiß, wie es aussieht, abgewimmelt zu werden. Deshalb hab' ich mich entschieden, zu ihm zu gehen." Sie nickte der finsteren Gestalt neben sich zu. „Er hat versprochen, mir zu helfen, sobald ich ihm helfe." Und jetzt wandte sie sich dem schweigenden Mann zu. „Ein Deal ist ein Deal. Du hast sie gefesselt. Sie geht nirgendwohin. Wie wäre es, wenn du jetzt deinen Teil —"

Aber er hatte schon die Augen geschlossen, und mit einem tiefen Atemzug und einem Schnippen seines Handgelenks wurde sie in ein winziges Loch im Gewebe der Realität gesaugt und verschwand. Sie hatte kaum genug Zeit zu schreien, dann war sie weg. Verbannt.

Süßes Baby-Jackalope! Ich blinzelte und starrte auf die Stelle, wo sie eben noch so selbstzufrieden geschwebt war. Er hatte nicht einmal versucht, ihr zu helfen, und es war klar, dass er das von Anfang an nicht vorgehabt hatte.

Dumme Kuh. Ich hätte ihr geholfen, wenn sie einfach ein bisschen länger gewartet hätte. Und, na ja, nicht hinter meinem Rücken intrigiert hätte.

Der Hexenmeister lachte, ein tiefes, rauchiges Grollen aus seiner Brust. „Du kannst ruhig um Hilfe rufen." Seine Stimme war heiser, als hätte jemand die letzten zwanzig Jahre seine Stimmbänder mit Sandpapier bearbeitet.

„Das wäre sinnlos", sagte ich. „Die Wände sind schalldicht."

Er kniff die espressobraunen Augen zusammen. „Ja, aber Wissen übertrumpft Angst normalerweise nicht so leicht. Zumindest nicht bei ihr."

Er nickte zu etwas hinter mir, und ich zerrte an den Fesseln, um einen Blick zu erhaschen, ahnte jedoch schon, was ich sehen würde.

Serena lag zusammengesunken in einem Sessel, das Kinn auf der Brust, die Augen geschlossen. Ein paar Strähnen ihres seidigen Haars hingen ihr ins Gesicht und reflektierten das flackernde Kerzenlicht.

„Keine Sorge", sagte unser Entführer. „Ihr geht's gut. Nur unter einem *somnus*-Zauber. Ich würde ihr nie wehtun."

Er sagte „*somnus*-Zauber", als sollte ich wissen, wovon er sprach. Vielleicht sollte ich das, aber ich wusste es ganz sicher nicht.

„Du kennst sie", sagte ich. Ugh. Natürlich tat er das. Die Hinweise fügten sich jetzt so nahtlos zusammen. Zu spät, natürlich.

„Wir kennen uns schon ewig."

„Du bist der Fünfte Wind, mit der sie früher zusammen war."

Er grinste. „Schön zu wissen, dass sie immer noch über mich redet, wenn ich nicht da bin."

„Wer bist du?"

Er trat ein paar Schritte zurück, setzte sich auf die Bettkante und beobachtete mich weiter wie ein besonders exotisches Tier. „Du weißt schon, wer ich bin. Zumindest die wichtigen Teile. Immerhin warst du für einen Moment in mir, oder? Was hast du gesehen?"

„Nichts außer der Tür zu Serenas Zimmer. Wie heißt du?"

Er neigte den Kopf zur Seite und antwortete nicht sofort. „Das scheint kaum relevant."

„Vielleicht nicht für dich, aber es wird für mich sehr relevant sein, wenn ich hier ausbreche und deinen Namen verfluche."

Er lachte, aber ich spürte einen Hauch Überraschung darin. Gut.

Ich wusste vielleicht nicht viel über ihn, aber, Mann, ich war gut darin, diesen Typ einzuschätzen. Und nach diesem einen Lacher war mir alles klar.

Er war vom selben Schlag wie Graf Malavic. Gelangweilt, überheblich und ausgehungert nach Stimulation.

„Nenn' mich Mannan."

Okay, definitiv nicht sein echter Name, aber das war okay. Ich wusste sowieso nicht, wie man jemanden allein mit seinem Namen verflucht. Ich wusste, dass es möglich war, aber das lag weit außerhalb meiner derzeitigen Fähigkeiten.

„Und wie lange ist es her, dass Serena dich verlassen hat, Mannan?"

Seine Oberlippe zuckte, und ich sah einen finsteren Schatten über sein Gesicht huschen. „Du denkst, du weißt was, aber das tust du nicht."

„Ich weiß, dass sie etwa dreißig Jahre jünger aussieht als du. Also würde ich schätzen, sagen wir, vor zwanzig Jahren hat sie entschieden, dass du ein bisschen zu schnell alterst, konnte nicht länger ignorieren, dass sie dich weit überleben würde, und hat sich entschieden, Schluss zu machen."

„Nicht einmal nah dran."

„Sicher? Na gut, dann. In dem Fall hat sie einfach entschieden, dass sie dich nicht mag, und ist gegangen. Muss nichts Ausgefallenes sein. Einfach ein gutes altes ‚Es liegt nicht an dir, es liegt an mir' und dann ein letzter Abschiedskuss."

„Wieder falsch", sagte er, aber er klang diesmal nicht so sicher. „Einmal darfst du noch raten, aber nur, weil ich deine Verzweiflung unterhaltsam finde."

Noch ein Versuch, und dann was? Ich vermutete, was immer es war, würde nicht gut für mich sein.

Meine Einsicht schrie mich an, vorsichtig zu sein, mit Bedacht vorzugehen.

Aber der Rest von mir, der die Toten satthatte und Mannan nicht die Genugtuung geben wollte, mich schwitzen zu sehen, hatte andere Ideen. „Gut. Letzter Versuch. Sie hat dich verlassen, nachdem irgendein fieses Ding diese Narben in deinem Gesicht hinterlassen hat. Scheint, sie hat dich nicht so geliebt, wie du gedacht hast."

Wie vermutet waren die Narben ein wunder Punkt. Er sprang auf, und ich fragte mich, ob er die Magie überspringen und mich einfach schlagen würde. Aber er blieb stehen und rührte sich nicht.

„Ich rette sie", sagte er. „Rette sie davor, kostbare Jahre ihres Lebens mit diesem tölpelhaften Verlierer zu verschwenden. Ich kann sie vielleicht nie wieder dazu bringen, mich zu lieben, aber ich kann unsere gemeinsame Zeit immer noch bedeutungsvoll machen. Und das tue ich, indem ich ihr die Augen öffne. Sie mag ihn jetzt lieben, aber während er altert, wird sie zwischen ihrer Pflicht ihm gegenüber und ihrer Pflicht sich selbst gegenüber hin- und hergerissen sein."

„Dann hast du nicht aufgepasst, Mannan. Ihr künftiger Bräutigam hat gerade den Kontakt für einen Anti-Aging-Trank bekommen."

Ich dachte, ich hätte ihn, weil das offensichtlich neu für ihn war, aber dann sagte er: „Selbst ein Gebräu, das die Zeit anhält, hält sie nur vorübergehend an. Er mag bis zum Tag seines Todes gleichalt aussehen, aber sterben wird er, und nach derselben Lebensspanne wie zuvor. Und dann wird sie vielleicht hundert Jahre ihres Lebens damit verbringen, um ihn zu trauern."

Ja, das kam mir auch wie eine dünne Motivation vor. Welche Art Lügen er sich auch immer erzählte, der Grund, warum Mannan seine Ex entführt hatte, lief auf eines hinaus: Er wollte nicht, dass jemand anders sie bekam, wenn er sie nicht haben konnte.

„Den Mord an Giovanni wolltest du Leonardo in die Schuhe schieben, oder?"

„Ich würde sagen, das ist eine kluge Schlussfolgerung, nur, dass es jetzt offensichtlich sein sollte."

„Warum hast du nicht einfach Leonardo umgebracht? Hätte das nicht das Problem gelöst?"

Aus irgendeinem Grund schien ihn diese Frage zu beruhigen, und er setzte sich wieder auf die Bettkante. „Natürlich nicht. Ihn zu ermorden, während sie noch in der frühen Phase ihrer Liebe sind, hätte nur dazu geführt, dass sie ihn noch fester in ihrem Herzen hält. Sie könnte Jahrhunderte damit verbringen, dem Mann zu huldigen, den sie geliebt hat und der ihr zu früh genommen wurde, und das wäre noch schlimmer, als Jahre damit zu verbringen, ihn nach einem gut gelebten Leben zu betrauern. Sie würde ihn zum Status eines Märtyrers, eines Gottes erheben. Kein Mann könnte da je mithalten. Leonardo zu töten, würde bedeuten, sie zu verdammen. Aber ihn eines Mordes zu beschuldigen ... Er würde weiterleben, aber ihre Liebe zu ihm nicht. Wenn du wirklich ein Leben beenden willst, musst du seinen Ruf zerstören. Wenn du einen Mann unsterblich machen willst, töte ihn, bevor seine Zeit abgelaufen ist."

Mannan hatte das offensichtlich durchdacht, was nichts Gutes für meine Fluchtchancen bedeutete.

„Warum hast du den Leichnam entführt?"

Mannan seufzte. „Ich gebe zu, ich habe nicht genug recherchiert. Unseresgleichen sind selten. Du kannst Dutzende Reiche durchreisen, ohne einem anderen zu begegnen. Ich hatte keine Ahnung, dass es hier zwei gibt." Er hielt inne. „Giovanni hat mich gesehen, bevor ich ihn ermordet habe. Und als du am Tatort aufgetaucht bist, habe ich meinen Fehler erkannt: Sein Geist hätte jederzeit wieder auftauchen und alles verraten können, und du wärst da gewesen, um es zu hören. Du hattest offensichtlich eine enge Beziehung zum Deputy, also konnte ich das nicht zulassen."

„Also hast du versucht, das mir anzuhängen?“

„Nein, nein, nein. Ich musste was tun, um Giovannis Geist fernzuhalten.“

„Du hast seinen Leichnam als Geisel gehalten?“

„Eitelkeit endet nicht mit dem Moment des Todes.“ Er grinste. „Das solltest du genauso gut wissen wie ich.“

Ich dachte an viele der Geister, die ich getroffen hatte, und musste nicht lange nachdenken, um zu wissen, dass er recht hatte.

„Niemand will sehen, wie sein Körper entweiht wird“, fuhr Mannan fort. „Also habe ich ihn einfach direkt vom Tatort wegmarschieren lassen. Es war etwas, das ein Mörder sowieso gemacht hätte, um die Beweise zu beseitigen.“

„Es ist was, das ein Mörder gemacht hat“, erinnerte ich ihn. „Aber es gibt etwas, das du nicht bedacht hast.“

Er wartete geduldig, und ich hatte den Drang, ihn warten zu lassen. Stattdessen sagte ich: „Du hast nicht bedacht, dass die Bürgermeisterin dieser tollen Stadt einen langjährigen Groll gegen beide Hexen des Fünften Windes hier hegt, und dass sie früher die magische Pathologin war und als Erstes auf Nekromantie testen würde, in der Hoffnung, eine von uns verhaften lassen zu können.“

Er räusperte sich fast unmerklich. „Nein, diese schrecklich spezifische Möglichkeit habe ich nicht bedacht.“

„Es ist nur eine Frage der Zeit, bis alle wissen, dass Leonardo es nicht war. Und wenn du auch nur einen Moment glaubst, Serena hätte ihn je verdächtigt, dann hast du offensichtlich nicht darauf geachtet, wie die beiden einander ansehen.“

„Das kann sich ändern. Sobald ich sie aus Eastwind weggebracht habe, habe ich jede Menge Zeit, die Beweise gegen ihn zu präsentieren.“

„Sie wird dir nie glauben.“

„Oh, das wird sie." Er stand vom Bett auf und ging zu ihr hinüber. „Du solltest wirklich mehr über deine Kräfte lernen. Unser Spielplatz sind die Sterne, das Geisterreich ... und Träume. Das wusstest du doch sicher."

Nach einigen Träumen, die ich mit Roland gehabt hatte, wusste ich das tatsächlich.

„Und Träume", fuhr er fort, „sind die Türen zum Unterbewusstsein. Hypnose ist nur ein Nickerchen entfernt."

„Du willst sie hypnotisieren?", fragte ich. Er hatte recht; ich wusste nicht, dass wir das können. Mann, warum haben wir all die zwielichtigen Kräfte abbekommen?

„Ich habe schon angefangen. Ich brauche nicht mehr viele Sitzungen, und ich sollte auf unserer Reise nach Avalon genug Zeit dazu haben."

„Mal abgesehen von den ganz offensichtlichen Einvernehmlichkeitsproblemen, ich bin neugierig, wie du glaubst, sie unbemerkt nach Avalon bringen zu können."

„Und ich fürchte, da musst du neugierig bleiben."

„Es gibt Schlimmeres."

„Wie tot zu sein?"

Ich zögerte. „Wirst du mich umbringen?"

Er lachte herzlich darüber. „Und eine Hexe des Fünften Windes für die Ewigkeit mein Dasein heimsuchen lassen? Nein, danke. Sobald Serena und ich aus Eastwind raus sind, werden weder du noch irgendwer, den du kennst, uns finden können, wenn ich es nicht will."

„Und was ist mit dem, was sie will?"

Er zuckte mit einer Schulter. „Sie wird wollen, was ich will, bis sie das Licht sieht."

„Bis du sie zwingst, das Licht zu sehen, meinst du wohl."

„Welche Semantik auch immer du bevorzugst. Mir gleich."

„Also lässt du mich gehen?"

„Nein, nichts so Hilfreiches. Aber ich lasse dich hier unversehrt, bis dich jemand findet. Bis dahin bin ich längst weg."

Ich wollte noch mehr Fragen stellen, doch bevor ich das konnte, drückte er seine Handfläche gegen meine Stirn, und ich war weg.

Kapitel Einundzwanzig

Als ich aufwachte, waren die Kerzen bis auf die letzten Dochte heruntergebrannt. Wie spät war es? Das Zimmer hatte kein Fenster, was mir wie eine ziemliche Brandgefahr vorkam. Die Steinwände selbst würden zwar nicht brennen, aber es gab genug brennbares Material darin, und Rauchvergiftung war kein Witz.

Wenigstens musste ich mir im Moment darüber keine Sorgen machen. Nichts war in der Nähe der Kerzen, und wie Mannan gesagt hatte, wollte er mich nicht umbringen.

Ich fühlte mich verkatert von dem Zauber. Aber wenn er nachließ, bedeutete das, dass er schon weg war? Wie groß war die Reichweite dieser Magie? Vielleicht hatte etwas die Verbindung unterbrochen. Oder hatte sie eine begrenzte Haltbarkeit?

Darüber konnte ich später nachdenken. Wichtig war, dass ich wach war.

Und immer noch an einen Stuhl gefesselt.

„Sirenengesang!", fluchte ich und kämpfte gegen das Seil um meine Handgelenke.

„Du kommst so nicht frei", sagte eine Männerstimme aus

der Ecke des Raums. Als der Geist auf mich zu schwebte, erkannte ich ihn sofort. Er hatte mich schon zweimal angegriffen. Na ja, nicht er persönlich.

„Giovanni. Waren Sie die ganze Zeit hier?"

„Oh nein. Ich habe gewartet, bis er weg war. Ich bin ja nicht verrückt. Wenn er mitbekommt, dass ich wieder hier bin, wer weiß, was er dann mit mir anstellt."

Ich nahm an, das „mir" bezog sich auf seinen Körper, nicht seinen Geist. „Warum bist du dann hier?"

„Weil ich diesen Typen nicht gewinnen lassen kann! Und du bist meine letzte Hoffnung, gehört zu werden."

„Nicht wirklich. Ruby —"

„Ich würde keinen Atem an diese alte Schrulle verschwenden."

Ah, also konnten alle Stringfellows so entzückend sein wie Jasmine. Verstanden.

Ich widerstand dem Impuls, ihm zu sagen, dass er keinen Atem zu verschwenden hatte, und sagte: „Mag sein, aber es wäre sicher hilfreich, wenn Sie zu ihr gehen und ihr sagen würden, dass ich im *Ram's Head* gefesselt bin. Die Zeit drängt. Apropos, wie spät ist es?"

Er spähte um mich herum, und ich vermutete, dass an der Wand eine Uhr hing, außerhalb meines Sichtfelds. „Kurz nach sechs Uhr morgens."

„Whoa!" Es war mehr Zeit vergangen, als ich gedacht hatte. Ich versuchte, meine Gedanken zu sammeln und Prioritäten zu setzen. Ich musste Mannan davon abhalten, mit Serena zu verschwinden. Wenn er es nach Avalon schaffte, würden wir sie vielleicht nie finden, und Serena wäre für immer verloren. So wenig Schlaf mich die Aussicht auch kosten würde, sie nie wiederzusehen, ich konnte den Gedanken nicht ertragen, dass Leonardo die Frau verlor, die er liebte. Aber um das zu verhindern, musste ich aus diesem Hotelzimmer raus und die richtigen Leute alarmieren. „Bitte geh einfach zu Ruby und sag ihr, wo ich bin.“

„Leider kann ich das nicht.“

„Du meinst, du willst nicht.“

„Nein. Ich kann nicht. Wenn sie ihr Haus nicht verlässt, kann ich nicht zu ihr. Sie hat das Haus mit einem Schutzzauber gegen mich abgeschirmt.“

Oh Mann! Die Chancen, dass Ruby bald das Haus verließ, waren gering. „Was meinst du mit gegen dich?“

Er zeigte keinerlei Scham, als er erklärte: „Vor ein paar Jahren bin ich in ihr Haus eingebrochen, um einen wertvollen Stein zu stehlen. Sie wusste nicht, dass ich es war, aber ich habe beim nächsten Zirkeltreffen davon gehört. Eine Hexe sagte, Ruby habe einen Schild um ihr Haus gelegt, sodass demjenigen ein Schwanz wachsen würde, wenn er es nochmal versuchte.“

„Oh bitte! Das klingt nach typischem Zirkeltratsch. Das glaubst du wirklich?“

Er drehte sich gerade genug zur Seite, dass ich den Eselschwanz sehen konnte. „Anscheinend funktioniert es sogar bei Geistern.“

Ich stöhnte. Er war tot, konnte aber nicht aufhören, zu stehlen. Das war wirklich die einzige Hilfe, die ich hatte? Ein Mann, der zu sehr Dieb war für sein eigenes Wohl? Und meines obendrein?

Das machte meinen Plan B zunichte – nämlich ihn zu Grim zu schicken. Zweifellos würde der Höllenhund noch eine Stunde im Haus sein, und wir hatten keine Stunde zu verlieren. „Was ist mit Ted?“

„Oh nein. Ich weiche dem Sensenmann aus, seit ich gestorben bin. Ich werde ganz sicher nicht hinübergehen, solange ein Nekromant wie Mannan noch da ist und meinen

Leichnam für seine abartigen Zwecke benutzen kann. Ich lasse meinen Ruf nicht durch den Dreck ziehen."

Sagt der Mann, der ein Leben als Krimineller gelebt hatte?

Aber bevor ich etwas in diese Richtung sagen konnte, zog etwas anderes, das er gesagt hatte, meine Aufmerksamkeit auf sich. „Dein Leichnam …", murmelte ich und spürte die Saat eines neuen Plans, der mich nicht zwang, mit diesem nutzlosen Geist zusammenzuarbeiten.

Als die Saat zu keimen begann, wurde mir bewusst, dass ich den Plan hasste. Nein, hasste war nicht stark genug.

Es musste einen anderen Weg geben.

Und dann erinnerte ich mich an das letzte Mal, dass ich so gefangen gewesen war. Es war im engen Keller der Doppelgänger gewesen. Und ich hatte ein telepathisches Notsignal schicken können.

Würde es jetzt noch funktionieren, nachdem unser Zirkel gebrochen war? Es war einen Versuch wert.

Ich schloss die Augen und versuchte, Donovan und Landon zu rufen. Wen auch immer ich erreichen konnte, ich würde es nehmen.

Hilfe! Gefangen in Zimmer fünf im Ram's Head Inn.

Ich hätte genauso gut schreien und hoffen können, dass sie mich hörten. Sobald ich versucht hatte, das SOS zu schicken, wusste ich, dass es nicht funktionieren würde. Selbst als wir alle fünf in Eastwind waren, funktionierte es nicht wie ein Telegraf, der verbale Infos übermittelte.

Nein, Tanner hatte gesagt, er habe Blitze gesehen. Es war eine visuelle Sache. Ich konnte Bilder des Zimmers schicken, aber ich konnte nicht viel sehen, und es sah aus wie jedes andere Steinzimmer. Vielleicht würde Donovan es als das Gasthaus erkennen, aber bis sie die Zimmer durchsuchten, konnte es für Serena zu spät sein.

Ich musste denken, mich entspannen.

Wenn Mannan Eastwind verließ, gab es nur einen Weg, den ich kannte, um zwischen den Reichen zu reisen, und das war der Zug. Er würde den ersten Zug aus der Stadt nehmen, wenn er auch nur einen Funken Verstand hatte.

Und da war es. Ich hatte die Lösung! Der erste Zug aus der Stadt.

Ich wusste genau, wann der abfuhr. Ich schloss die Augen und atmete tief durch. Ich konnte vielleicht telepathisch keine vollständigen Sätze schicken, aber ein einzelnes Bild konnte funktionieren. Und eine der wenigen Personen, die es verstehen könnten, war eine der beiden, die es vielleicht empfangen konnten.

Ich stellte mir eine Uhr vor, groß, hölzern, mit leicht erkennbaren Zeigern. Und dann stellte ich diese Zeiger auf 6:47 Uhr. Der erste Zug aus Eastwind. Der, den Grace vor so vielen Monaten in ihren Terminplaner geschrieben und der Landon und mich darauf gebracht hatte, dass sie noch lebte und nicht von ihrem Werwolf-Baby-Daddy ermordet worden war.

Ich hielt das Bild so lange in meinem Kopf, wie ich konnte, bevor der äußerliche Stress mich ablenkte. Ich öffnete die Augen. Hatte es funktioniert?

Die Wahrheit traf mich wie ein Faustschlag ins Brustbein. Nein. Es hatte nicht funktioniert. Es konnte nicht funktioniert haben.

Und das bedeutete, es war Zeit für meine andere Option. Die, die mir nur beim Gedanken daran die Haut kribbeln ließ. Würde ich es rechtzeitig schaffen, Mannan abzufangen, bevor er und Serena den Avalon Express bestiegen?

Es gab nur einen Weg, das rauszufinden: Ich musste Giovannis Leiche in Besitz nehmen. Es würde sich schrecklich falsch anfühlen, aber Leben hingen davon ab.

Kapitel Zweiundzwanzig

Das Problem war, dass meine Hände gefesselt waren und ich den Staurolith-Anhänger um den Hals trug. Mein Bewusstsein in Giovannis Körper zu schicken, wäre schon schwierig genug gewesen, ohne dass der Stein seinen Zweck erfüllte und mich in meiner physischen Form verankerte.

Mit etwas Schulterzucken und einer Menge alberner Verrenkungen schaffte ich es, die Kette in den Mund zu bekommen. Aber jetzt was? Sie mir so über den Kopf zu ziehen, war unmöglich. Also begnügte ich mich damit, sie unter meiner Kleidung hervorzuziehen, sodass der schwere Stein obenauf lag. Mir fiel nur eine Sache ein: Ich musste die Kette zerreißen. Zum Glück war sie nicht zu dick, nicht viel stabiler als bei einem schönen Schmuckstück. Aber das hieß nicht, dass es angenehm war, das Metall zwischen die Zähne zu nehmen und daraufzubeißen. Endlich bog sich ein Glied, und die Kette riss auseinander. Der Staurolith rutschte herunter und fiel mir in den Schoß. Nach ein paar Beinzuckungen – mit der begrenzten Bewegungsfreiheit, die ich hatte – landete er schließlich am Boden.

Super, jetzt konnte ich zu Schritt zwei übergehen, der noch unangenehmer werden würde als Metall zu kauen.

Bitte lass ihn noch im Fulcrum Park sein …

Mir seine Perspektive vorzustellen, war schon schwierig genug, ohne, dass er bewegt worden wäre. Ich warf meinen Geist in seine Richtung und fand mental Halt. Gut. Er war noch im Fulcrum Park. Als ich mich in ihm niederließ, konnte ich durch seine Ohren hören, und ich wusste, dass ich in Schwierigkeiten war.

Mit großer Anstrengung öffnete ich seine Augen. Er lag noch am Boden, wo wir ihn gelassen hatten, aber da es nicht mehr mitten in der Nacht war, hatte sich eine kleine Menge um ihn versammelt und flüsterte leise.

Oh toll! Wenn Flufferbum von der *Eastwind Watch* noch nicht an der Story dran war, würde er es bald sein. Aber PR gehörte nicht zu meinem Job.

Moment, was gehörte zu meinem Job?

Ich hatte bestenfalls eine vage Beschreibung bekommen. Vielleicht sollte ich das eines Tages klären.

Als ich die Gestalten klarer sehen konnte, rief eine Kinderstimme: „Schaut! Er macht die Augen auf!"

Besorgtes Gemurmel erhob sich aus der Menge, als sie zurückwich.

Welche Magie auch immer Mannan benutzt hatte, um die Leichenstarre bei Giovanni zu verhindern, ließ nach, und als ich mühsam seine Knie beugte, um ihn zum Aufstehen zu bringen, befürchtete ich, wir könnten eine ähnliche Situation erleben wie mit den Grillen.

Aber alle Glieder blieben dran, egal, wie steif sie waren, und die kleine Menge – ich zählte ein halbes Dutzend Leute – teilte sich, um mich durchzulassen.

Die Sonne war noch nicht aufgegangen, was eine gute

Nachricht war. Da es erst Februar war, wäre es zu spät, Serena abzufangen, sobald die Sonne am Himmel stand.

Giovanni war nicht für die Kälte angezogen, sondern immer noch in den Kleidern, die er zu Hause getragen hatte, als er ermordet worden war. Sie sahen jetzt eher wie Lumpen aus, aber zum Glück spürte ich die Kälte nicht, während ich mich abkämpfte, ihn einen Fuß vor den anderen setzen zu lassen, den ganzen Weg zur Wache. Die Türen waren verschlossen, aber das bedeutete nicht, dass der Sheriff nicht dort war. Sie brauchte keinen Schlaf, was wahrscheinlich das Einzige war, das die Papierberge davon abhielt, aus ihrem Büro zu quellen.

Ich klopfte noch einmal, diesmal härter.

War mein Plan gescheitert? Musste ich diese Leiche durch die ganze Stadt reiten, um jemanden zu finden, der zuhörte und half? Ich schmiedete schon einen neuen Plan, als ich Bewegung durch das Glas sah.

Der Sheriff öffnete die Tür und blieb auf der die Schwelle stehen, dann musterte sie mich von Kopf bis Fuß.

„Wer bist du?", fragte sie – eine bewundernswert scharfsinnige Frage, da der Durchschnittsbürger annehmen würde, ich wäre der, dessen Körper ich in Besitz genommen hatte: Giovanni Stringfellow.

Aber da war ich ratlos. Ich schaffte es kaum, mehr als ein paar Grunzlaute herauszubringen, und ich war nie gut in Pantomime gewesen.

Ich hob eine Hand, in der Hoffnung, sie wäre geduldig mit mir. Und dann sah ich mich nach einem Stock um.

Ich fand einen und wankte zur nächsten Schneewehe.

Der Sheriff sah mir dabei zu, als ich meinen Namen schrieb.

Leider war meine Kontrolle über Giovannis Feinmotorik nicht großartig, und ich brauchte ein paar Versuche, bis sie die

Kratzer lesen konnte. Als sie endlich begriff, gestikulierte ich wild, um ihr zu signalisieren, dass sie richtig lag.

Ihre Lippen öffneten sich ein wenig, als sie mich anblinzelte. „Nora Ashcroft. Was zum Höllenhund machst du in Giovanni?"

Ich winkte ihr, mir zu folgen, und ich muss ihr zugutehalten, dass sie es ohne weitere Fragen tat.

Der Rest des Plans lief ziemlich glatt. Sie folgte mir zum *Ram's Head* und hinein, die Treppe hinauf und zur verschlossenen Tür von Zimmer 5, wo ich eingesperrt war.

Dass die Tür verschlossen war, war für sie kein Problem, und ein schneller Wink mit der Hand ließ sie eintreten.

Ich sah mich selbst auf dem Stuhl sitzen, gefesselt, den Kopf auf der Brust, und erschrak. Aber es erinnerte mich auch daran, in mich selbst zurückzukehren, was ich auch tat, gerade als der Sheriff zu mir eilte, um mich loszubinden.

„Wenn ich nie wieder einen Toten bewohnen muss, ist das noch zu früh", murmelte ich. Mein Kopf dröhnte – zweifellos eine Nebenwirkung des Springens von einem Körper zum anderen –, und in dem Moment, als meine Handgelenke frei waren, fühlte es sich an, als würde ein Psychopath meine Hände als Nadelkissen benutzen.

„Willst du es mir erklären?", sagte der Sheriff.

„Wie spät ist es?" Ich wirbelte auf meinem Stuhl herum, um einen Blick auf die Uhr zu werfen, bevor sie auch nur Zeit hatte, meinen Themenwechsel zu registrieren.

Mein Herz zog sich zusammen. Es war fünf vor sieben.

Der Zug war schon abgefahren.

Mannan und Serena waren weg.

Kapitel Dreiundzwanzig

„Hast du einen Termin?", fragte Sheriff Bloom leicht amüsiert.

Eigentlich hätte ich schon vor einer Stunde bei der Arbeit sein müssen, aber das war diesmal nicht die oberste Priorität.

„Nein. Na ja, so halb. Es ist nur –"

Bevor ich antworten konnte, klopfte es an der offenen Tür.

„Klopf, klopf. Ha!"

Ted lehnte sich in den Durchgang, der größtenteils von Giovannis Leichnam versperrt war.

„Darf ich den jetzt mitnehmen?" Er zeigte auf die Leiche.

Der Sheriff nickte. „Ich nehme an, du hast endlich seinen Geist gefunden?"

„Ja! Oder besser gesagt, er hat mich gefunden. Er wollte sichergehen, dass mit seinem Leichnam diesmal alles richtig gemacht wird. Ich habe ihm versichert, dass es so sein wird, ihn ins Jenseits geleitet, und jetzt bin ich hier."

Ich rieb mir die Augen und versuchte, das alles zu verdauen. „Aber er hat sich geweigert hinüberzugehen, bis er sicher war, dass der Fünfte Wind ihm nicht noch mehr

Schaden zufügen konnte." Die Fakten passten nicht zusammen.

„Der Fünfte Wind?", fragte der Sheriff. „Du meinst Mannan?"

Ich ließ die Hände an die Seiten fallen und riss die Augen auf. „Du kennst seinen Namen?"

„Oh ja", sagte er. „Nach einem Namen zu fragen, ist ein wichtiger Teil davon, jemanden zu verhaften."

„Du hast ihn verhaftet?" Ich starrte zu Ted, der mit den Schultern zuckte. Also wandte ich mich wieder Sheriff Bloom zu.

Sie sah immer noch ausgesprochen professionell aus, abgesehen von einem kaum merklichen Grinsen um die Augen herum. „Ich habe ihn nicht verhaftet. Ruby und Deputy Manchester haben das erledigt."

„Aber wie? Wie wussten sie, wo sie ihn finden?"

„Ich habe es ihnen gesagt."

Das war ermüdend. „Und woher wusstest du das?"

„Landon Hawker."

Ich keuchte.

„Also, äh ..." Ted zeigte wieder auf die Leiche. „Darf ich den jetzt mitnehmen?"

„Ja", sagte der Sheriff. „Bevor er anfängt zu stinken, bitte."

Er nickte, packte die Knöchel und begann, sie den Flur entlangzuziehen.

Es gab nur einen Weg, wie Landon Hawker gewusst haben konnte, dass er zum Sheriff gehen musste. „Es hat funktioniert! Sechs Uhr siebenundvierzig. Er hat es verstanden."

„Nicht wirklich. Er hatte keinen Kontext. Aber er war schlau genug, damit zu mir zu kommen. Und weil Donovan und Leonardo schon ein paar Stunden zuvor sowohl dich als auch Serena als vermisst gemeldet hatten, haben sich die Puzzleteile zusammengefügt." Und jetzt sah sie mich prüfend an. „Diese telepathische Verbindung, die ihr habt, ist seltsam. Es ergibt keinen Sinn, dass sie funktioniert, nachdem euer Zirkel zerbrochen ist."

„Du hast recht. Aber ich bin froh, dass sie funktioniert hat."

Sie seufzte und fuhr mit ihrer Geschichte fort. „Ich habe Ruby mit Stu vorausgeschickt, da sie viel mehr Erfahrung mit dieser Art von Magie hat, und dann bin ich hiergeblieben, um eine Zelle vorzubereiten. Es müssen besondere Vorkehrungen getroffen werden, bevor man einen Fünften Wind mit so viel Macht, wie er demonstriert hat, festnimmt. Ich konnte nicht zulassen, dass er psychisch aus seiner Zelle hinausgreift und eine Armee von Toten aufstellen."

Ich kniff mir in die Nasenwurzel, der Kopfschmerz wurde stechender. „Nein. Das konntest du wohl nicht."

„Warum kommst du nicht mit? Ich glaube, alle sollten zwischenzeitlich wieder auf der Wache sein, und wir müssen die Details klären. Wir hatten gerade einen toten Hexenmeister, der durch die Stadt spaziert ist, und ich nehme an, die Öffentlichkeit wird eine Erklärung wollen. Wenigstens die *Eastwind Watch*. Ob sie auch nur ein Wort von dem glauben werden, was wir sagen, oder einfach eine sensationellere Geschichte erfinden, bleibt abzuwarten."

Bloom half mir auf die Beine, und als ich die Augen zusammenkniff, um gegen den Schmerz anzukämpfen, runzelte sie die Stirn. „Psychische Erschöpfung. Ich rufe auch Stella. Ich bin sicher, sie freut sich über eine Ausrede, mit ihren Nekromantie-Zutaten herumzuspielen."

Als wir die Wache erreichten, hatte ich die Ereignisse der Nacht fast verdaut. Dieses momentane Gefühl der Ohnmacht, das über mich gekommen war, als ich gedacht hatte, es sei zu spät, um zu helfen, hing noch herum, wie dieser letzte betrunkene Gast, der nicht begriff, dass die Party vorbei war. Aber ich *hatte* geholfen. Oder besser gesagt, ich hatte es geschafft, Landon helfen zu lassen.

Ja, nachdem du dich hast entführen lassen. Ugh. Es nagte an mir, dass ich überhaupt gerettet werden musste, aber ich konnte mich später in Selbstmitleid suhlen.

Als wir das Sheriff's Department betraten, merkte ich, dass schon ordentlich was los war.

Ruby war die Erste, die mich bemerkte. „Oh, hallo, Liebes!" Jemand hatte einen Tisch in die Mitte des Wartebereichs gezogen, und eine Auswahl an Kaffee und Gebäck stand drauf. Ruby und Stu hatten eng beieinandergestanden und geplaudert, und der Deputy drehte sich um, als Ruby sprach. Er hatte einen Brösel Zuckerguss an seinem Schnauzbart, der gerade erst dort hängengeblieben sein musste (Ruby hätte es ihm sicher gesagt, wenn sie es gesehen hätte).

In den Stühlen an der Wand lag eine warme Decke um Serenas Schultern, und sie schien an Leonardos Schulter zu dösen. Er hatte einen Arm um sie geschlungen und nickte mir zu, als sich unsere Blicke trafen.

Als Landons Augen auf mich fielen, brach Donovan, der leise und intensiv mit ihm geredet hatte, ab und drehte sich um. In einem Herzschlag war er von seinem Stuhl aufgesprungen.

Er packte mich an beiden Ellenbogen, starrte auf mich herab und sprach nicht sofort. Ich starrte zurück und fragte mich, wie lange wir hier wohl festsitzen würden, bevor wir zusammen schlafen gehen konnten – wirklich schlafen war alles, was ich wollte, aber wenn ich Donovans Schulter als Kissen benutzen und seine Arme um mich spüren könnte, jedes Mal, wenn ich mich bewegte, umso besser.

„Ich habe nach dir gesucht", sagte er. „Wir sind umgekehrt, und du warst weg. Wir haben überall gesucht."

Ich hob die Hand und legte sie an seine Wange. „Schon okay. Jetzt bin ich hier. Es hat funktioniert."

Er schüttelte kaum merklich den Kopf. „Es ist nicht okay. Du hättest –"

„Nicht." Ich hielt inne und versuchte, nicht über seine Sorge zu lächeln. Es war süß. „Wenn du mein Freund sein willst, musst du dich an ein paar knappe Situationen gewöhnen."

„Kann man sich an – warte. Hast du gerade gesagt ...?"

Ich schmunzelte, und auch wenn ich spürte, dass viele Augen auf uns gerichtet waren, wusste ich, dass es ihm nichts ausmachen würde. Und ehrlich gesagt war ich zu müde, um mich darum zu scheren, wer zusah. Ich stellte mich auf Zehenspitzen, schlang die Arme um seinen Hals und küsste ihn.

Okay, zugegeben, wir hätten es wahrscheinlich bei FSK-6 belassen sollen, haben es aber bis FSK-12 gehen lassen, bis ich ein Tippen auf der Schulter spürte, mich umdrehte und Sheriff Bloom geduldig lächeln sah.

„Es gibt noch ein paar offizielle Dinge zu erledigen."

„Oh! Richtig. Sorry, sorry."

Eines Tages würde ich lernen, professionell zu sein.

Während der Sheriff mir einen Moment gab, mir einen Teller zu beladen und mir etwas städtisch finanzierten Hochleistungstreibstoff einzugießen, kam Landon herüber und wippte auf den Fersen. Er beugte sich verschwörerisch vor, sodass nur Donovan und ich ihn hören konnten. „Die Verbindung hat funktioniert."

„Und der Göttin sei Dank dafür", sagte ich.

„Aber sie sollte nicht funktionieren!", zischte er. „Nichts in irgendeinem Text besagt, dass ein Zirkel, der durch zwei nicht verbundene Reiche getrennt ist, noch derartige Macht behalten würde."

Ich gebe zu, mein Verstand war Toast, und in dem Moment, als er das Wort „Text" benutzte, verlor ich den Faden.

Aber Donovan nicht. „Sagt irgendeiner von diesen Texten das genau so?"

Landon nickte eifrig. „Oh ja. Es gibt mehrere Berichte, dass die Verbindung in dem Moment getrennt wird, in dem sich die Portale schließen."

Ich hoffte aufrichtig, dass Donovan nicht gespürt hatte, wie meine Muskeln sich angesichts der möglichen Erklärung anspannten.

„Können wir später darüber reden, Landon?", sagte er. „Du weißt, dass wir deine Verschwörungstheorien lieben –"

„Du sagst das, als würden sie sich nie bewahrheiten!"

„– aber sie hat gerade was durchgemacht, und was immer du hier andeutest, kann warten."

Ich glaubte zu wissen, worauf Landon hinauswollte.

Landon nickte und hob beschwichtigend die Hände. „Schon gut, schon gut." Dann sah er mich an. „Es war schlau, die Uhrzeit zu schicken. Du wusstest, dass ich sie nie vergessen würde."

„Ich habe es definitiv gehofft."

„Nein. Nie. Diese Uhrzeit in Graces Kalender zu sehen ... das war der kleine Hoffnungsschimmer, den ich gebraucht habe, um weiter nach ihr zu suchen." Seine rosigen Wangen wurden noch rosiger, aber er hielt den Blickkontakt. „Ich werde das nie vergessen."

Donovan beobachtete das Zusammenspiel genau, und ich bemühte mich, ihm nicht zu verraten, was wirklich gesagt wurde, als ich hinzufügte: „Wir reden später weiter, Landon. Nur nicht jetzt."

Ich war ziemlich sicher, dass die Botschaft hinter den

Worten angekommen war, als er ging, und ich stopfte mich mit einem Frischkäse-Gebäck voll, bevor Donovan oder irgendjemand sonst mir Fragen stellen konnte.

Aber während ich die monotone Befragung über mich ergehen ließ, um dem Sheriff einen vollständigen Bericht zu erstatten und diese Aussage und jene Verschwiegenheitserklärung zu unterschreiben, kamen Landons Worte wie ein umgekehrtes Echo zurück und wurden mit jedem Mal lauter und lauter:

„Ich werde das nie vergessen."

Epilog

Ich würde nicht so weit gehen zu behaupten, dass das Medium Rare ohne mich laufen könnte, aber nach zwei Tagen, an denen ich nichts anderes getan hatte, als zu schlafen und meine Energiereserven wieder aufzufüllen, stellte ich fest, dass das Diner auch ohne mich einigermaßen vor sich hin hinkte. Und das reichte mir. Natürlich schuldete ich Jane und Bryant jetzt einen ordentlichen Bonus dafür, dass sie so kurzfristig als Manager eingesprungen waren.

Aber das war ein kleiner Preis für die Erkenntnis, dass ich nicht jeden Tag arbeiten musste, dass ich mir Zeit nehmen und andere Dinge genießen konnte.

Zum Beispiel Donovan.

Eine Woche war seit dem *Ram's Head Inn* vergangen, und es war das erste Mal, dass wir beide ausgeschlafen waren und gleichzeitig freihatten.

Wir saßen uns in einer Sitznische im Medium Rare gegenüber – ich weiß, was ich gerade über weniger Arbeiten gesagt habe, aber ich hatte keine Schicht, und unser Queso war unschlagbar.

Wir hatten versucht, leichte Konversation zu machen, als die Chips und der Queso serviert wurden, aber jetzt schaufelten wir den geschmolzenen Käse nur noch so schnell wie möglich in uns rein. Das war die einzig richtige Art, das zu essen, wenn ich das so sagen darf.

Als wir den Boden der Schüssel erreichten und er mit einem Chipsbrösel die letzten Käsereste von der Seite kratzte, stellte ich eine Frage, die mir seit über einer Woche im Kopf herumspukte.

„Glaubst du, er zieht das durch?"

Donovan kniff die Augen zusammen. „Wer?"

„Dein Bruder. Glaubst du, er meldet sich wirklich bei diesem Kontakt von Ezra und zieht die Verjüngungssache durch?" Der Begriff fühlte sich hier viel passender an als in Texas für all die Kosmetik, die dafür gemacht und vermarktet wurde, Frauen daran zu erinnern, dass wir altern.

Er hielt inne und starrte nachdenklich in die leere Schüssel, bevor er sprach. „Ich weiß nicht. Aber ich würde es ihm nicht übelnehmen, wenn er es täte." Er blickte zu mir auf. „Leute tun ziemlich verrückte Dinge aus Liebe, und ich sehe keinen Grund, ihn dafür zu verurteilen."

Ich auch nicht. Aber es brachte mich zu einer anderen Frage, die in meinen ruhigeren Momenten an mir genagt hatte. „Ich hasse es, das überhaupt anzusprechen ... aber in dieser Nacht in den Deadwoods, als wir alle da waren, kurz bevor sich das Portal geschlossen hat — was habt ihr, ich meine du und Eva, zueinander gesagt?"

Ich rechnete es ihm hoch an, dass er nicht fragte, warum ich das wissen wollte.

Aber er schien auch nicht begeistert, darüber zu reden. „Ich dachte, ich hätte dir das schon erzählt."

„Hast du? Ich erinnere mich nicht."

Er drehte sich zum Fenster, durch das der Rand der Deadwoods im Sonnenlicht klar zu sehen war. Aber das Licht konnte diese Wand aus Bäumen nicht durchdringen, die wie eine Armee der Toten dastand – immer wachsam, ohne Krieg zu suchen, ihn aber dennoch einlud.

„Ich dachte, ich hätte es dir in den Deadwoods erzählt."

Ich schüttelte sanft den Kopf und bot ihm meine Hand mit der Handfläche nach oben auf dem Tisch an.

Er wandte den Blick mir zu, bemerkte dann meinen ausgestreckten Arm und ergriff meine Hand.

„Es ist alles irgendwie verschwommen", sagte ich. „Ich erinnere mich nicht mehr an viel von dem, was passiert ist, nachdem sich das Portal geschlossen hat."

Er nickte und starrte einen Moment lang auf unsere Hände, bevor er tief einatmete. „Sie hat gesagt, es wäre ihre Schuld, dass alles so passiert ist. Und dass es ihre Aufgabe wäre, es zu richten. Ich weiß nicht, warum sie das geglaubt hat."

Wenn ich an das Gespräch zurückdachte, das Eva und ich mit Hohepriesterin Springsong und Bürgermeisterin Esperia kurz vor dem Öffnen des Portals im Emporium geführt hatten, hatte ich eine ziemlich gute Vermutung, warum sie das gedacht haben könnte. Sie wusste nicht alle Fakten wie ich. Und als sie gehört hatte, dass das Ungleichgewicht um die Zeit herum entstanden war, als sie in die Stadt gekommen war, hatte sie die Verantwortung übernommen. Aber ich wusste es besser. Das Ungleichgewicht hatte Jahre gebraucht, um sich aufzubauen.

„Das war alles, was sie gesagt hat?", fragte ich. Auch wenn ich mich darüber ärgerte, dass ich Malavics heimtückischen Andeutungen tatsächlich nachhing, war klar, dass ich nicht weiterkommen würde, solange solche Gedanken in meinem Unterbewusstsein gärten.

Hatte Donovan das alles inszeniert? Hatte er Eva etwas gesagt, das sie durch das Portal rennen ließ, wissend, dass

Tanner ihr folgen würde und die zwei Leute, die zwischen uns standen, damit aus dem Weg wären?

„Das ist nicht alles, was sie gesagt hat. Es war nur das Letzte."

Ich gab ihm einen Moment, bevor ich es nicht mehr aushielt. „Tut mir leid, dass ich nachhake, es ist nur –"

„Sie hat gesagt, dass sie mich liebt."

Der Rest meines Satzes blieb mir im Hals stecken.

Er fuhr fort: „Sie hat gesagt, dass sie mich liebt, und ich war so verwirrt, warum sie genau diesen Moment gewählt hat, um es zum ersten Mal zu sagen, dass ich nichts erwidert habe. Und vielleicht war ich geschockt, dass jemand so Gutes wie sie mich lieben könnte. Ich weiß nicht. Aber ich habe nichts gesagt. Und dann hat sie sich entschuldigt und ist durch das Portal gerannt."

„Was hättest du gesagt?"

Er starrte immer noch auf unsere Hände, aber jetzt blickte er mir in die Augen. „Wenn ich nicht so ein Idiot gewesen wäre, hätte ich es erwidert. Nicht nur das, ich hätte ihr meine volle Aufmerksamkeit geschenkt, statt immer an … na ja, an dich zu denken." Er senkte wieder den Blick. „Und vielleicht wäre sie dann nicht durch das Portal gerannt, und Tanner wäre ihr nicht gefolgt, und es hätte uns allen eine Menge Ärger erspart."

Greta, deren Schicht gerade erst anfing, kam mit einem Krug Wasser vorbei. Ich warf ihr einen Blick zu und schüttelte kaum merklich den Kopf. Sie blieb stehen, machte auf den Fersen kehrt und ging in die andere Richtung.

„Weißt du, warum Mannan deinen Bruder nicht getötet hat?", fragte ich.

Die Wolken schienen sich auf seinem Gesicht zu lichten, als er sich gerader aufrichtete. „Nein. Warum?"

„Sein einziges Ziel war es, sie auseinanderzubringen, damit sie eine lange und glückliche Zukunft haben könnte, ohne von dem Verlust eines Sterblichen mit kurzer Lebensspanne belastet zu sein. Er hat geglaubt, dass er, wenn er Leonardo ermordet hätte, ihn auf eine Weise unsterblich machen würde. Sie würde am Verlust festhalten und ihn für immer mit sich herumtragen, und er würde mehr als ein Mann werden. Stattdessen wollte Mannan ihr Bild von ihm zerstören. Er wollte sie davon überzeugen, dass Leonardo ein Mörder war, damit sie über ihn hinwegkommen konnte."

Donovan kniff die blauen Augen zusammen und seine dunklen Brauen zogen sich zusammen, während er versuchte, mitzukommen. „Ich schätze, das ergibt einen Sinn."

„Und das hat mich zum Nachdenken gebracht. Werde ich Tanner unsterblich machen? Wirst du Eva unsterblich machen? Sie sind nicht einmal tot, und wir trauern um sie." Ich fühlte mich, als würde ich meinen Punkt nicht klar rüberbringen, also hielt ich inne und versuchte, meine Gedanken zu sortieren. „Ich habe Tanner geliebt. Ich liebe ihn immer noch. Und du hast gerade gesagt, dass du Eva liebst. Aber sie sind weg. Und ich glaube nicht, dass ich die Erinnerung so festhalten will, dass es mich eine Zukunft mit dir kostet. Und du musst deine Schuldgefühle nicht auf Kosten deines Glücks festhalten. Ich will, dass wir einander unsere volle Aufmerksamkeit schenken können."

Er hob die Brauen. „Ich glaube, das würde mir auch gefallen. Sehr sogar. Sehr, sehr sogar."

„Der Rest der Stadt wird es vielleicht nie verstehen, aber vielleicht können du und ich einander daran erinnern. Wir haben sie besser gekannt als irgendjemand sonst. Also wenn du mir sagst, ich soll loslassen, glaube ich dir vielleicht wirklich. Und wenn ich dir sage, du sollst aufhören, dich verantwortlich zu fühlen, hoffe ich, dass du mir glaubst."

Er nickte. „Richtig, aber zurück zu dem Teil mit der vollen

Aufmerksamkeit. Wenn du das sagst, reden wir dann nur von intellektueller Aufmerksamkeit oder ... körperlicher?"

Ich verallgemeinere nur ungern, aber ich bekam langsam das Gefühl, dass alle Männer gleich sind. Ich unterdrückte ein Grinsen. „Ich meine volle Aufmerksamkeit. In allen Bereichen."

„Mm-hmm." Er tat so, als würde er darüber nachdenken, aber ich wusste, dass er schon einen Plan hatte.

Er stand aus der Sitznische auf und nickte mir zu, dasselbe zu tun. „Komm", sagte er.

„Wir haben noch nicht bezahlt."

„Das Diner gehört dir! Steh auf. Wir müssen los."

Ich stand auf. „Wohin gehen wir?"

„Zu mir. Es gibt da eine längst überfällige Angelegenheit, die, glaube ich, unsere volle Aufmerksamkeit verlangt."

Und obwohl ich dabei ernsthaft die Augen verdrehte, war ich vor ihm an der Tür, um das Diner zu verlassen. ☾

Nora ist bereit, die Vergangenheit hinter sich zu lassen, aber dasselbe kann man von Eastwinds neuestem Geist nicht behaupten. Kann Nora herausfinden, was den anhänglichen Geist an die Welt der Lebenden bindet? Lesen Sie WO ALTE GEISTER RASTLOS SPUKEN, um es herauszufinden.

Anmerkung der Autorin

Nicht lesen, bevor Sie das Buch zu Ende gelesen haben!

Ich wünschte, ich könnte Ihnen erklären, warum dieses Buch so schwer zu schreiben war, aber ich weiß es selbst nicht. Ich nehme an, nach neun Bänden war eine kreative Blockade überfällig. Und dazu kam noch eine weitere Premiere: Als ich den ersten Entwurf fertig hatte, bemerkte ich, dass ich das gesamte letzte Viertel komplett streichen und neu schreiben musste. Das Ende war einfach nicht befriedigend, und ich hatte so viele wichtige Teile ausgelassen. Ach!

Aber mit der Überarbeitung bin ich jetzt viel glücklicher. Nora lernt einige der dunkleren Seiten ihrer Kräfte kennen – und das ist immer schwer zu verdauen. Sie muss sogar eine Grenze in eine Grauzone überschreiten, um das zu tun, was sie für richtig hält. Hat sie die beste Entscheidung getroffen? Das überlasse ich Ihnen. Persönlich bin ich froh, dass ich nicht entscheiden muss, ob ich in eine Leiche schlüpfen und damit durch die Stadt spazieren soll. Vielleicht bin ich seltsam, aber so sehe ich das nunmal.

Es hat auch Spaß gemacht, Donovan und Nora endlich zusammen zu sehen – und nach allem, was ich von so vielen von Ihnen gehört habe, war es höchste Zeit. Genießen Sie es, solange es anhält, denn Sie wissen, dass ich irgendwann Sand ins Getriebe werfen werde. Ich bin eine sandschleudernde Verrückte, wenn es drauf ankommt.

Ich hätte in diesem Buch sehr gern ein bisschen mehr Grim Goodboy gehabt, aber die Geschichte hat es einfach nicht zugelassen. Ich verspreche, ich mache es im nächsten Band wieder gut. Oder ich gebe Grim eine eigene kleine Kurzgeschichte mit seinem neuen Sidekick Monster. Das klingt nach richtig viel Spaß.

Vielen Dank, dass Sie dieser Reihe so lange treu bleiben, und ich verspreche: Es kommt noch eine Menge Eastwind!

– Nova Nelson

4/4/19

Über die Autorin

Nova Nelson wuchs mit einer stetigen Diät aus Agatha-Christie-Romanen auf. Sie liebt die süße Herausforderung von Cozy-Krimis und webt, seit sie schreiben kann, paranormale Geschichten. Diese beiden Leidenschaften kommen in ihrer Eastwind-Hexen-Reihe zusammen, und es wurde auch Zeit, wenn sie das selbst so sagen darf.
Wenn sie nicht gerade schreibt, genießt sie lange Spaziergänge mit ihren eigensinnigen Hunden und isst Frühstück zum Abendessen.

Schauen Sie vorbei und sagen Sie Hallo:
nova@novanelson.com